Conan le destructeur

ROBERT JORDAN

Conan le destructeur

traduit de l'américain par J.-P. Pugi

Éditions J'ai Lu

A Shere Khan,
pour son aide précieuse.

Ce roman a paru sous le titre original :

CONAN THE DESTROYER

1

Un soleil rouge sang grillait les plaines rocailleuses et les collines ondulées de Zamora où progressait une longue colonne de cavaliers. Les hommes portaient une cuirasse et un casque ébène. Les cottes de mailles qui protégeaient leurs bras étaient noires, de même que leurs jambarts, leurs bottes et leur culotte. Toute leur tenue était couleur de la nuit. Les chevaux étaient également caparaçonnés de fer noir. Un chanfrein couvrait leur tête et leur cou, une barde leur poitrail. Un long sabre incurvé pendait à la hanche de chaque guerrier, et une masse d'armes garnie de pointes se balançait au pommeau de toutes les selles. Mais les lances avaient été remplacées par des gourdins et de longs bâtons. Certains soldats transportaient des filets aux mailles serrées, assez résistants pour garder un tigre captif.

A l'arrière de la colonne, un chariot tiré par deux chevaux transportait une grande cage aux barreaux métalliques aussi gros qu'un poignet. Son conducteur faisait sans cesse claquer son long fouet sur l'échine des bêtes de trait, car en dépit de la chaleur du soleil et du poids des armures, la colonne avançait bon train et il savait qu'il perdrait plus que la vie s'il retardait sa progression.

L'homme à la forte carrure et à l'épiderme sombre qui se trouvait en tête du détachement était plus grand d'une tête que ses compagnons. Les incrustations d'or compliquées de sa cuirasse noire indiquaient son statut de grand guerrier, son rang élevé : des arabesques encadrant un lion. Tel était le symbole qu'il s'était choisi bien des années plus tôt, et nombreux étaient ceux qui le disaient aussi féroce que cet animal. Une fine balafre blanchie par les ans marquait l'arête de son nez, et une autre reliait son œil gauche à l'extrémité de son menton, témoignant qu'il n'était pas un novice dans le métier des armes. Mais pour l'instant ces cicatrices étaient dissimulées par la poussière que la sueur collait à son visage.

– Inutile, marmonna-t-il. Par Erlick, tout ceci ne sert à rien.

– Je n'agis jamais sans raison, Bombatta.

Le colosse se raidit, alors qu'un cavalier aux traits dissimulés par un masque de cuir noir et un casque arrivait à sa hauteur. Il n'avait jamais pensé que sa voix porterait si loin.

– Je ne vois aucun besoin...

Mais le cavalier masqué lui coupa la parole d'une voix autoritaire que déformait le masque.

– Il convient de faire ce qui doit être fait, et respecter ce qui est écrit dans les Manuscrits de Skelos. A la lettre, Bombatta. A la lettre.

– Vous ordonnez et j'obéis, répondit à contrecœur le colosse.

– Naturellement. Mais je sens que tu souhaites me poser une question. Parle. (Le guerrier hésita.) Parle, Bombatta, je te l'ordonne.

– L'objet de notre quête, ou plutôt où nous devons diriger nos recherches... ces écrits ne le précisent pas.

Le rire du cavalier mystérieux fut étouffé par le masque de cuir, et le guerrier s'empourpra.

– Ah ! Bombatta. Crois-tu que mes pouvoirs soient limités à la simple connaissance des Manuscrits ? Crois-tu que je sache uniquement ce qui y est écrit ?

– Non.

Sa réponse avait été aussi brève qu'il l'avait osé.

– En ce cas, obéis-moi, Bombatta. Obéis, et sache que notre quête ne sera pas infructueuse.

– Vous ordonnez, et j'obéis.

Le géant noir éperonna sa monture, sans faire cas de ses hommes qui devraient presser l'allure. Se hâter serait considéré comme une preuve d'obéissance, un signe de confiance dans l'ordre qu'il venait de recevoir. Peu lui importait le mécontentement des soldats. Il éperonna à nouveau son cheval, ignorant l'écume qui commençait à pointiller l'encolure de l'animal. Si ses doutes n'avaient pas été dissipés, trop d'années lui avaient été nécessaires afin de parvenir à sa position actuelle pour qu'il courût le risque de la perdre, même s'il devait pour cela faire galoper hommes et chevaux jusqu'à ce que mort s'ensuive.

On voyait tant de choses peu communes, dans les plaines de Zamora, que bien peu suscitaient encore l'étonnement de ceux qui en étaient témoins. La folie, les bandits et les vœux pieux pouvaient expliquer qu'on ait vu un homme richement vêtu semer des pièces d'or dans le sable; une colonne d'hommes privés de vêtements chevaucher leur monture assis à l'envers sur la selle; et une procession de jeunes filles nues danser et chanter des psaumes sous la chaleur insoutenable.

Il y avait eu des spectacles encore plus insolites, mais aucun n'était plus étrange que celui offert par les deux hommes qui travaillaient sous le soleil écrasant loin de toute ville ou village, au pied d'une colline rocailleuse, pendant que leurs chevaux entravés se nourrissaient des rares touffes d'herbe coriace.

Le premier était un jeune colosse. Muscles bandés, il souleva une roche plate et massive aussi grande que lui et la posa sur les quatre blocs de pierre grise qu'il avait réunis en les roulant sur le sol. Pour mettre la plaque de niveau, il glissa sous elle des pierres de la grosseur d'un poing. Une amulette d'or représentant un dragon était suspendue à son cou par une lanière de cuir.

Mais ce jeune homme aux yeux saphir évoquait plus un guerrier qu'un bâtisseur. Une large épée de facture ancienne pendait à sa ceinture, et tant sa poignée que celle de sa dague portaient des marques d'usure dues à un emploi fréquent. Sa chevelure, retenue par un lacet de cuir, dégageait son visage dont le trait le plus marquant était une extrême jeunesse. Cependant, quiconque l'aurait étudié plus attentivement y aurait découvert les marques d'une expérience correspondant à plusieurs existences.

Son compagnon était à son opposé, tant par son physique que par ses occupations. Petit et nerveux, il avait des yeux aussi noirs que ses cheveux graisseux attachés sur sa nuque et tombant bien plus bas que ses épaules. Le deuxième homme était enfoncé jusqu'aux cuisses dans un puits qu'il creusait encore à l'aide d'une pelle au manche cassé. Sans cesse, le petit homme essuyait la sueur qui coulait dans ses yeux et maudissait ce travail auquel il n'était visiblement pas accoutumé. Mais chaque fois que son regard se posait sur les deux sacs de cuir rebondis, posés sur le sol à côté de l'excavation, il se remettait à l'ouvrage avec une nouvelle ardeur.

Finalement, il jeta la pelle de côté.

– Il est assez profond, Conan ?

Le jeune athlète ne l'entendit pas. Il étudiait d'un œil critique la construction qu'il venait d'ériger. Il s'agissait d'un autel, et Conan manquait d'expérience en ce domaine. Mais dans les déserts montagneux de sa Cimmérie natale, il avait appris qu'il fallait régler ses dettes, quel qu'en soit le coût ou la difficulté.

– Conan, est-ce assez profond ?

Le Cimmérien porta sur son compagnon un regard lourd de reproches.

– Si tu n'avais pas ouvert la bouche au mauvais moment, nous n'aurions pas à enterrer ces gemmes. Amphrates et les Gardes de la Cité se demanderaient toujours qui a volé ces joyaux, et nous nous trouverions dans la taverne d'Abuletes, devant des carafes de vin et avec des danseuses sur les genoux, au lieu de suer dans ces plaines. Creuse encore.

— Je n'avais pas l'intention de prononcer ton nom, marmonna Malak.

Il ouvrit un des sacs de cuir et en sortit une poignée de saphirs, de rubis, d'émeraudes et d'opales. L'avidité fit luire ses yeux comme il laissait retomber les pierres polies : une cascade miroitante de bleus, de rouges, de verts et d'ors. Avec un soupir de regret, il referma le sac.

— Creuse, Malak, ordonna Conan qui reportait son attention sur l'autel.

Le Cimmérien referma son poing sur l'amulette d'or que Valéria lui avait donnée. Il lui semblait sentir sa présence auprès de lui, lorsqu'il touchait l'objet. Valéria, femme aux cheveux d'or d'une rare beauté, à la fois maîtresse, guerrière et voleuse. Cependant, Valéria était morte, et toute joie avait disparu de l'existence de Conan. Mais, s'il avait assisté à sa mort, il l'avait également vue revenir combattre à ses côtés et lui sauver la vie. Une dette qu'il se devait de régler.

Malak avait repris la pelle au manche cassé, mais au lieu de creuser il fixait l'autel.

— Je n'aurais jamais cru que tu croyais aux dieux, Cimmérien. Je ne t'ai jamais vu prier.

— Le dieu de mon pays s'appelle Crom, le Seigneur Noir. A notre naissance, il nous fait don de la vie et de la volonté, puis se désintéresse de notre sort. Il ne fait aucun cas des offrandes votives et reste sourd aux prières et aux suppliques. Ce qu'un homme fait des dons qu'il a reçus de Crom le concerne.

— Alors, pourquoi cet autel ?

— Nous nous trouvons dans une autre contrée, aux dieux différents. Ce ne sont pas les miens, mais Valéria avait foi en eux, répondit Conan qui lâcha l'amulette. Ils m'écouteront peut-être, comme le prétendent leurs prêtres. Qui sait s'il n'est pas possible de modifier son destin, grâce à eux ?

– Qui pourrait dire à quoi les dieux sont sensibles ? déclara Malak en haussant les épaules.

Le petit voleur se hissa hors de l'excavation et s'assit en tailleur à côté des sacs de cuir.

– Les prêtres eux-mêmes sont en désaccord sur ce point, alors comment...

Un bruit de galopade qui provenait de derrière les collines lui coupa la parole.

Malak laissa échapper un cri et saisit les sacs. Il y préleva quelques gemmes, qu'il avala en grimaçant de douleur, puis lança les sacs dans le trou et entreprit de reboucher l'excavation en pelletant la terre avec l'énergie du désespoir.

Conan posa la main sur le pommeau de son épée et attendit calmement. Ses yeux bleus restaient rivés sur la colline où apparaîtraient bientôt les premiers cavaliers. Peut-être ne s'intéressaient-ils pas à eux, se dit-il. Mais il ne put s'en convaincre.

2

Un cavalier solitaire, portant un casque et une cuirasse ébène incrustée d'or, apparut au sommet de l'éminence, et Malak eut un rire nerveux.

– Il s'agit d'un colosse, mais il est seul et nous pourrons facilement en venir à bout s'il essaie...

– J'entends d'autres chevaux.

– Qu'Erlick les emporte ! gémit Malak.

Il planta la pelle sous un rocher et s'en servit comme d'un levier pour le pousser vers le trou.

– Nos chevaux, haleta-t-il. Nous pouvons les distancer.

La pierre bascula dans le petit puits et l'obstrua.

Conan renifla sans répondre. Le cheval du guerrier était alourdi par un caparaçon aussi complet que l'armure de son cavalier, c'était exact. Il leur serait possible de prendre une certaine avance, mais cette dernière serait de courte durée. Pressés de quitter Shadizar, ils n'avaient pas eu le temps de choisir de bonnes montures, bien que chaque cheval leur eût coûté autant de gemmes que le destrier d'un monarque. Ces bêtes boiteraient après une demi-heure de galop, les laissant à la merci de leurs poursuivants.

Le guerrier s'était immobilisé au sommet de la colline.

– Qu'attend-il ? demanda Malak tout en tirant deux dagues de sa ceinture. Si nous devons mourir, je ne vois pas pourquoi...

Brusquement, le guerrier noir leva le bras et plus de quatre-vingts cavaliers bardés de fer apparurent au sommet de l'éminence, une vague ébène qui se scinda de chaque côté de l'homme au bras levé. Au galop, les soldats encerclèrent Conan et Malak et s'arrêtèrent à trois cents pas d'eux.

– Une véritable armée, déclara Conan. Quelqu'un nous juge dangereux.

Malak lança un regard à leurs montures qui hennissaient et piaffaient. Elles voulaient s'enfuir, et le petit homme paraissait partager leur désir.

– Qu'ils sont nombreux ! L'or qu'Amphrates a dû verser à tous ces mercenaires lui aurait permis de vivre dans l'opulence pendant des mois. Qui aurait pu supposer qu'il serait à ce point en colère ?

– Il n'a peut-être pas apprécié qu'on lui vole ses joyaux, répondit sèchement Conan.

– Nous lui en avons laissé, et il pourrait se montrer reconnaissant. Il devrait même dépenser quelques pièces en encens, pour remercier les dieux de ne pas se retrouver sur la paille. Il n'avait pas à...

Le Cimmérien n'écoutait plus son compagnon. Il avait appris à effectuer un tri dans les propos du petit homme. Il restait sourd aux plaintes de Malak, lorsqu'il regrettait que ce qui aurait pu ou dû avoir lieu ne se soit pas produit.

Pour l'instant, le Nordique aux yeux d'acier observait quatre des guerriers qui s'étaient regroupés et fouillaient dans un ballot fixé devant la selle de l'un d'eux. Conan porta le regard vers le sommet de la colline où un cavalier masqué venait de rejoindre le premier.

Brusquement, l'homme à la cuirasse ébène porta à sa bouche un cor de cuivre et une note sonore se fit entendre. Les quatre guerriers qui s'affairaient sur le ballot le déplièrent brusquement et chargèrent les deux voleurs. Quatre autres cavaliers vinrent se joindre à l'attaque.

Les sourcils du Cimmérien se froncèrent encore. Les quatre premiers guerriers tenaient les angles d'un filet, et les autres de longs gourdins.

Malak fit deux pas vers les chevaux.

– Attends, ordonna Conan d'une voix autoritaire. Restons ensemble, si nous ne voulons pas être capturés.

Malak hocha gravement la tête et affermit sa prise sur les poignées de ses dagues.

Le grondement des sabots s'amplifia. Cent pas. Cinquante. Dix. Les guerriers poussèrent des cris de triomphe.

– Maintenant, ordonna Conan, qui sauta... vers le filet.

En gémissant, Malak l'imita.

Le Cimmérien se trouvait toujours dans les airs lorsqu'il tira son épée hors du fourreau élimé. La lame trancha un angle du filet, et le cavalier qui le tenait poursuivit sa galopade en poussant un cri de surprise : il n'avait plus qu'un bout de corde entre les doigts. Le guerrier qui le suivait lâcha ses rênes et tira son sabre de sa ceinture. Conan se baissa pour esquiver le coup, puis il riposta et l'acier de son épée glissa sous la cuirasse noire. L'homme empalé sembla projeté en arrière et fut désarçonné.

Conan dégagea sa lame sanglante et pivota, averti du danger par l'instinct. Le visage qui apparaissait au-dessus de lui était déformé par la rage, comme si cet homme regrettait de ne disposer que d'un bâton. Cependant, ce bout de bois plus long que le bras d'un homme pouvait briser un crâne, et le guerrier l'abattait avec force. La lame du Cimmérien remonta en un éclair et trancha la chair et l'os. La massue et la main qui la serrait toujours volèrent dans les airs. Alors que l'homme saisissait en hurlant son moignon d'où le sang jaillissait comme d'une fontaine, son cheval bondit et l'emporta au loin. Conan chercha rapidement un nouvel adversaire.

Malak luttait contre un des porteurs du filet, qu'il tentait de désarçonner. Une des petites dagues du voleur glissa dans l'espace séparant le casque et la cuirasse. Avec un hurlement, le cavalier tomba et entraîna Malak avec lui. Le petit voleur se releva d'un bond, prêt à réutiliser ses dagues. L'autre homme resta immobile.

Conan et son compagnon faisaient face aux cinq guerriers restants. Le filet se trouvait sur le sol, oublié de tous. Les mains des deux cavaliers qui l'avaient tendu reposaient sur la poignée de leur sabre. Ceux qui tenaient les massues paraissaient hésiter. Brusquement, un de ces hommes jeta son gourdin. Mais, avant qu'il eût dégainé son arme, le son du cor retentit. Le guerrier jura et repoussa son sabre dans son fourreau, et les cinq cavaliers regagnèrent au galop le cercle de leurs compagnons.

Malak s'humecta les lèvres.

— Pourquoi veulent-ils nous capturer vivants ? Je ne comprends pas.

— La colère d'Amphrates est peut-être encore plus grande que nous l'avons supposé. Sans doute veut-il entendre les cris que nous arracheront les membres de la Guilde des Tortionnaires, avant notre mort.

– Par Mitra ! Tu avais bien besoin de me dire une chose pareille !

– Tu m'as posé une question. (Le son du cor retentit à nouveau.) Tiens-toi prêt. Ils reviennent.

Quatre cavaliers arrivaient au galop en tenant les angles d'un autre filet, mais cette fois ils étaient accompagnés par vingt hommes. Conan fit un signe discret à Malak qui haussa les épaules, puis hocha la tête. Les deux hommes attendaient, comme la fois précédente. Le filet se rapprochait de plus en plus. A trois enjambées des voleurs, une moitié des hommes d'escorte se rapprochèrent du filet pour interdire à Conan de le trancher ou de tuer ses porteurs.

Le Cimmérien bondit sur la gauche, et Malak sur la droite. Leurs adversaires, qui passèrent entre eux au galop, proférèrent des malédictions en tentant vainement de faire tourner bride à leurs montures. Une massue s'abattit vers le crâne de Conan. L'homme qui la maniait lâcha un grognement de surprise lorsque son poignet fut arrêté par la paûme du Cimmérien, puis il hurla d'incrédulité comme le jeune athlète l'arrachait de sa selle. Conan lança son poing. Du sang et des dents jaillirent de la bouche de l'homme, qui s'effondra.

Un bruit de galopade lui apprit qu'un assaillant le prenait à revers. Ses doigts se refermèrent sur la longue massue que lâchait son précédent adversaire et il se releva en portant un coup en arrière. Le bois se rompit en atteignant le ventre du cavalier. Les yeux exorbités et avec un hoquet étranglé, l'homme se plia en deux comme s'il allait s'enrouler autour du gourdin, et son cheval poursuivit sa course sans lui.

– Conan !

Le dernier attaquant n'avait pas touché le sol que Conan cherchait la raison du cri de Malak. Deux guerriers se penchaient pour rouer de coups un corps qui se contorsionnait dans la poussière.

Le Cimmérien poussa un hurlement de colère et la

lame de son épée fendit à nouveau la chair. Deux cadavres s'effondrèrent, et il aida le petit voleur ensanglanté à se relever. Les porteurs de filet revinrent à la charge. Malak éprouvait des difficultés à se tenir debout, il n'était certainement pas en état de se battre.

Conan banda ses muscles et lança son compagnon de côté avant de bondir vers le filet. Ses doigts s'y refermèrent et il tira. Un guerrier fut catapulté de sa selle et tomba dans les mailles, mais une massue atteignit le dos du Cimmérien. Il tituba, puis pivota en rugissant et planta sa lame sous la cuirasse de métal.

Il ne pouvait espérer leur échapper. Il le savait. Les hommes qui le frappaient avec des bâtons et des massues étaient trop nombreux. La poussière soulevée par les sabots collait à son corps en sueur. L'odeur âcre du sang emplissait ses narines, et ses oreilles étaient assourdies par la clameur des hommes qui hurlaient leur rage de le voir toujours debout. Il s'effondrerait bientôt, mais ne se rendrait pas. Son épée, un tourbillon d'acier tranchant comme le fil d'un rasoir, ensanglantait tout ce qu'elle atteignait. La fureur lui permit de s'ouvrir un passage au sein des cavaliers, mais leur cercle ne tarda guère à se refermer sur lui.

Il entendit à nouveau le cor, dont la note cuivrée couvrit le tumulte, et les hommes qui le cernaient reculèrent. A contrecœur, ils abandonnèrent leurs morts et leurs blessés pour rejoindre leurs compagnons.

Conan les regarda s'éloigner avec surprise. Du sang formait des ruisselets dans la poussière couvrant son visage et maculait sa tunique. Malak avait disparu. Non, il était prisonnier du filet; un bras et une jambe sortaient du réseau de mailles, tels ceux d'un porc emporté au marché.

Le Cimmérien pivota lentement pour surveiller ceux qui l'entouraient. Des chevaux sans cavalier erraient entre le cercle et lui. Il pourrait s'emparer de l'un d'eux et tenter de s'ouvrir un passage au sein des guerriers, s'il acceptait d'abandonner Malak à son destin. Il rejeta cette solution. Autour de lui gisaient des corps immobiles ou agités de soubresauts spasmodiques. Quelques soldats appelaient à l'aide, ou tendaient la main vers leurs compagnons.

— Approchez ! cria Conan au cercle noir. Venez, et finissons-en !

Des chevaux bougèrent ici et là, comme si leurs cavaliers s'étaient raidis de colère, mais seul le silence lui répondit.

Un bruit de cailloux roulant vers le bas de la colline lui annonça l'arrivée des deux personnages qui étaient demeurés à son sommet. Le colosse en cuirasse incrustée d'or s'arrêta à dix pas du Cimmérien, mais l'inconnu au masque de cuir vint s'immobiliser entre les deux hommes. Conan ignorait son identité, car le masque couvrait entièrement son visage et un manteau de laine noire dissimulait totalement son corps, mais s'il souhaitait un combat singulier le Cimmérien était prêt à relever le défi.

Le personnage mystérieux porta ses mains à son casque. Il l'ôta, puis enleva son masque, et Conan eut le souffle coupé. Il s'agissait d'une femme aux yeux aussi noirs que ses cheveux enroulés en tresses autour de sa tête. Elle possédait cette beauté qui ne vient aux femmes qu'après l'adolescence, mais avec une touche de dureté apportée par sa mâchoire énergique et son regard pénétrant. Elle repoussa son manteau, révélant une culotte de cheval et une tunique de soie noire qui épousaient chaque courbe de ses cuisses et de sa poitrine, et Conan prit une profonde inspiration. De toutes les femmes, il ne se serait jamais attendu à voir celle-ci.

— Tu es celui qu'on appelle Conan, déclara-t-elle d'une voix sensuelle mais autoritaire.

Conan garda le silence. Qu'elle eût quitté la fraîcheur de son palais et de ses jardins magnifiques pour la chaleur des plaines était déjà surprenant, mais qu'elle fût venue le chercher l'inquiétait plus que tout. Cependant, il avait vécu suffisamment longtemps parmi ceux qui s'estimaient civilisés et le traitaient de barbare, pour connaître leurs règles de survie. Il ne fournirait aucune information avant d'en savoir plus.

Les fins sourcils de la femme se froncèrent en raison de son silence.

– Tu sais qui je suis, n'est-ce pas ?

– Vous êtes Taramis, répondit simplement Conan.

– La *princesse* Taramis, le reprit-elle. La princesse royale de Zamora. Tiridates, ton roi, était mon frère.

– Tiridates n'était pas *mon* roi.

La femme sourit, comme si elle se retrouvait en terrain familier.

– Oui, tu es un Nordique, un barbare. Doublé d'un voleur.

Conan se raidit. Il eût aimé regarder autour de lui, pour s'assurer qu'aucun guerrier n'approchait avec un filet, mais il savait que la véritable menace provenait de cette femme.

– Que voulez-vous de moi ?

– Que tu me serves, Conan le voleur.

Il avait déjà volé pour le compte de tierces personnes qui rétribuaient ses services avec de l'or, et il n'avait apparemment d'autre choix que d'accepter cette proposition ou de combattre cette armée en armures noires. Cependant, il refusait de céder à la force.

– Non.

– Tu refuses ?

– Je n'aime guère être chassé comme un animal. Je ne suis pas un sanglier, pour qu'on me prenne au filet.

– Je puis te donner des richesses incalculables, des titres et une position enviée, faire de toi un seigneur dans un palais de marbre plutôt qu'un voleur dans des ruelles malodorantes.

Conan secoua lentement la tête.

– Vous ne pouvez m'offrir qu'un seul présent à même de m'intéresser.

– Un seul ? De quoi s'agit-il, barbare ?

– De la liberté, répondit le Cimmérien dont le sourire était celui d'un loup. Et c'est une chose que je peux obtenir par moi-même.

La princesse zamoréenne le fixa avec stupéfaction.

– Te crois-tu capable de venir à bout de tous mes guerriers ?

– Ils parviendront sans doute à me tuer, mais la mort est une forme différente de liberté.

– Les textes des Manuscrits ne mentent pas, laissa-t-elle échapper avant de se reprendre. Tu me serviras, Conan, et je n'aurai pas à t'y contraindre.

Le guerrier à la cuirasse incrustée d'or prit la parole.

– Vous n'avez pas à ménager cet homme, princesse. Permettez-moi de l'affronter, et nous le ramènerons à Shadizar dans un filet, comme son complice.

Sans détacher le regard de Conan, Taramis fit un geste. Elle semblait vouloir chasser un moucheron.

– Silence, Bombatta.

Elle tendit la main vers le Cimmérien, paume en avant. Ses doigts bougèrent, paraissant palper un objet immatériel, et un courant d'air enveloppa la large poitrine de Conan. Il sentit les poils de ses bras se hérisser et découvrit qu'il avait reculé d'un pas. Il planta ses pieds dans le sol et affermit sa prise sur le pommeau de son épée.

Taramis baissa la main, et ses yeux se portèrent sur la grossière structure de pierre qu'il venait d'ériger.

– Chaque être humain désire une chose, possède un but pour lequel il est prêt à tuer ou à mourir.

La princesse sortit de l'encolure de sa tunique une fine chaînette d'or à laquelle pendait une larme de cristal. Elle serra la pierre dans sa main gauche, et tendit son bras droit vers l'autel rudimentaire.

– Voyons ce que tu désires, Conan.

D'entre ses doigts, refermés autour du cristal, jaillit un éclair de lumière pourpre. Les chevaux des guerriers qui les encerclaient renâclèrent avec nervosité. Seule la monture de Taramis resta immobile, même si ses yeux roulaient et ses flancs tremblaient. L'éclair se produisit encore, et encore, jusqu'au moment où un halo vermillon irradia de son poing.

Brusquement, des flammes apparurent sur la pierre de l'autel, et les chevaux des guerriers piaffèrent et reculèrent de terreur. Si Conan avait voulu leur échapper, il n'eût rencontré aucune opposition. Chaque cavalier consacrait toute son énergie à contrôler sa monture terrorisée, mais le Cimmérien ne le nota même pas. Une femme aux longs cheveux blonds et au corps athlétique venait d'apparaître, couchée au centre des flammes.

Il serra les dents pour garder le silence, mais ne put s'empêcher de marmonner :

– Sorcellerie !

– Oui, de la sorcellerie, reconnut Taramis en un murmure qu'il entendit par magie en dépit des hennissements des chevaux terrifiés. La sorcellerie qui peut te donner ce que tu désires, Conan. Valéria.

– Elle est morte. Rien ne pourrait me la rendre.

– Vraiment, barbare ?

Au sein des flammes, la tête de la femme pivota. Ses yeux d'un bleu limpide se rivèrent à ceux de Conan, puis elle s'assit et tendit la main vers le Cimmérien.

– Je puis te la rendre, la ramener dans ce monde.

– Un mort-vivant ? J'en ai déjà rencontré. Il est préférable qu'elle demeure dans le royaume des morts.

– Pas un cadavre, barbare. Un corps à la chair bien chaude, bien souple. Je puis te la rendre, et lui imposer tes désirs. Souhaites-tu être l'objet de sa dévotion jusqu'à la fin des temps ? Veux-tu qu'elle rampe à tes pieds et t'adore tel un dieu ? Je...

– Non ! Valéria est une guerrière. Je ne veux pas d'une...

Il n'acheva pas sa phrase.

– Croirais-tu brusquement à la magie ?

La femme aux yeux noirs fit un geste et les flammes ainsi que l'image de Valéria s'évanouirent. Le cristal pendait à nouveau à son cou.

— Je puis réaliser ce que j'ai promis.

Lentement, Conan abaissa son épée. Il n'aimait guère la sorcellerie, même lorsqu'elle était pratiquée par les rares mages animés de bonnes intentions. Mais... elle lui offrait l'opportunité de rembourser sa dette!

— Libérez Malak, dit-il avec résignation.

Bombatta ricana.

— Après avoir débarrassé les rues de Shadizar de ce voleur, tu crois peut-être que nous allons le relâcher? Personne ne le regrettera.

— Ce n'est pas un voleur de plus ou de moins qui fera la moindre différence dans cette cité, rétorqua Conan. Et Malak est mon ami. Soit vous le libérez, soit nous trancherons ce différend par l'acier.

Le colosse rouvrit la bouche, mais Taramis le fit taire d'un regard.

— Libère l'autre voleur.

Le visage métamorphosé en un masque de colère et de frustration, Bombatta fit tourner bride à son cheval et se rendit au galop auprès des hommes qui gardaient Malak. Quelques instants plus tard, les cordes étaient tranchées et le voleur roulait sur le sol rocailleux.

— Ils ont manqué de peu me briser les os, cria Malak qui revenait vers Conan. Quel était ce feu, et pourquoi sommes-nous toujours en...? (Ses yeux se portèrent sur Taramis et s'écarquillèrent.) Aïe!

Il se plia en révérences tout en adressant des regards interrogateurs au Cimmérien.

— Ô princesse vénérée, nous sommes des honnêtes hommes, quoi qu'aient pu raconter les mauvaises langues de Shadizar. Nous... louons nos services pour... escorter les caravanes. Nous n'avons jamais rien pris sans le payer, pas même une grenade. Vous devez me croire...

— Disparais, avant que je te dresse la liste de tout ce que je sais sur ton compte, ordonna Taramis.

Sans quitter Conan des yeux, Malak fit un pas hésitant en direction de leurs chevaux.

– Nous allons devoir nous séparer pour un temps, lui dit le Cimmérien. Comme nous l'avons déjà fait après la rixe de l'*Auberge des Trois Couronnes*. Va, tous mes vœux t'accompagnent.

Après un ultime regard de méfiance adressé aux gardes les entourant, le petit homme courut vers sa monture.

Lorsque Malak eut disparu au galop derrière la colline en regardant par-dessus son épaule, comme s'il ne pouvait croire qu'il était réellement libre de partir, Conan se tourna vers Taramis.

– Qu'attendez-vous de moi ?

– Tu le sauras en temps voulu. Pour l'instant, je veux entendre certaines paroles.

– Je me mets à votre service, Taramis.

Une dette doit être remboursée, quel que soit le prix à payer.

3

Les dômes d'or et les tours d'albâtre de Shadizar se dressaient vers un ciel céruléen. Des fontaines de cristal coulaient au milieu des figuiers des cours ombragées, et le soleil aveuglant se réfléchissait sur les murs blancs qui conservaient aux habitations une certaine fraîcheur. Certains appelaient cette cité Shadizar l'Inique, mais elle portait encore une vingtaine d'autres noms, tous plus désobligeants les uns que les autres et amplement mérités.

A l'intérieur des murailles de granit de la cité, les plaisirs étaient recherchés avec autant d'avidité que l'or. Des seigneurs richement vêtus se pourléchaient en se penchant sur des jeunes filles frémissantes comme sur des pâtisseries. Des femmes aux yeux de braise suivaient leurs proies telles des chattes en chaleur. Un noble et son épouse, tous deux avides des plaisirs de la chair, faisaient l'objet de nombreuses plaisanteries, car après maintes intrigues et machinations, ils s'étaient rendu compte un peu tard qu'ils s'étaient fixé un rendez-vous galant l'un à l'autre.

Cependant, si l'âme de Shadizar était perverse et débauchée, c'était le commerce qui fournissait l'or permettant de s'offrir ces plaisirs. Des caravanes arrivaient de contrées lointaines, de l'Iranistan et de Khoraja, de Koth et de Shem. Perles, soie et or, ivoire, parfums et épices, tout cela alimentait la pavane silencieuse de la Cité aux Dix Mille Péchés.

Le commerce animait les rues de Shadizar, lorsque Conan entra dans la cité escorté par les guerriers de Taramis. Des hommes en tunique de toile grossière portaient des paniers de fruits tout en esquivant les fouets des muletiers qui conduisaient leurs bêtes dans les rues égayées par les bannes multicolores des boutiques et les étals. Nobles hautains en habits de soie, négociants obèses vêtus de velours sombre, apprentis en tabliers de cuir et prostituées uniquement parées de ceintures constituées de pièces, tous se glissaient entre les caravanes conduites par des chameliers poussiéreux au regard avide. On entendait les bêlements et les cris des moutons et des poulets mis en vente, les harangues des camelots et des catins vantant leur marchandise, les suppliques des mendiants et les marchandages des commerçants. Quant à l'odeur, il s'agissait d'un mélange composé à parts égales d'épices, d'immondices, de parfums et de sueur.

Taramis ne se laissait pas ralentir par la cohue. La moitié de ses gardes la précédaient, et utilisaient leurs gourdins pour bastonner quiconque ne s'écartait pas assez vite. Les autres guerriers à l'armure ébène formaient l'arrière-garde du groupe au centre duquel se trouvaient Conan et Taramis. Le grand Cimmérien se pencha sur sa selle pour prélever au passage dans le chariot d'un marchand une grosse poire qu'il mangea en observant la foule.

Les passants étaient repoussés sur les côtés de la rue. Marchands et prostituées, nobles et mendiants se retrouvaient serrés les uns contre les autres. Ils piétinaient les couvertures sur lesquelles étaient exposés des colifichets et renversaient les étals des magasins. Des regards maussades suivaient le cortège et du sang maculait le visage de ceux qui ne s'étaient pas écartés à temps. La plupart des personnes restaient silencieuses, mais les gardes qui précédaient Taramis agitèrent leurs bâtons et quelques cris s'élevèrent de la foule :

– Vive la princesse Taramis !

Ou encore :

– Que les dieux bénissent notre princesse !

Conan nota une caravane qui s'était réfugiée dans une rue latérale. Le chameau de tête tirait sur la longe que tenait un homme à la peau noire et au turban crasseux. Les autres animaux, percevant sa nervosité, blatéraient et s'agitaient.

Au passage, Conan lança le trognon de sa poire sur le nez du chameau. La bête blatéra et recula, arrachant la longe des mains de l'homme au turban. Pendant un bref instant, l'animal ne parut pas comprendre qu'il était libre, puis il s'élança vers la colonne de gardes, imité par une dizaine de ses congénères. Le Cimmérien lâcha la bride à sa monture qui se joignit à la débandade.

Des cris s'élevèrent, mais Conan se pencha sur sa selle et laissa son cheval galoper. Le groupe de chameaux, au centre duquel se trouvait Conan, suivit la courbe de la rue en dispersant passants et camelots. Il estima que ceux qui le poursuivaient certainement ne pouvaient plus le voir et sauta de selle. Il reçut un coup violent dans les côtes comme il roulait sous les pattes des chameaux, puis se releva d'un bond et sauta vers un vannier qui resta bouche bée en le voyant s'accroupir derrière ses paniers. Le bruit des sabots qui martelaient les pavés libérèrent à nouveau la rue, et une vingtaine de guerriers guidés par Bombatta passèrent au galop.

Les cavaliers disparurent à l'extrémité de la rue et Conan se releva lentement. Il remonta son ceinturon et massa ses côtes, en pensant une fois de plus que les chameaux étaient décidément des animaux peu sympathiques, très différents des chevaux.

Brusquement, il prit conscience que le vannier le dévisageait.

– De beaux paniers, lui dit-il. Mais ce n'est pas ce que je cherche.

Le marchand le fixait toujours, lorsqu'il traversa rapidement la rue et s'engagea dans une étroite allée à l'odeur d'urine et de pourriture.

Sans quitter les ruelles, le Cimmérien se mit à courir en maudissant la saleté qui rendait le sol glissant. Chaque fois qu'il devait traverser une rue importante, il s'arrêtait un court instant pour s'assurer qu'aucun garde au casque noir n'arrivait, avant de courir vers une autre ruelle. En suivant un parcours zigzagant, il traversa Shadizar et atteignit l'ombre de la muraille sud de la cité, puis se glissa dans la taverne de Manétes par la porte de service.

La pièce était sombre et fraîche, mais alourdie par des relents de mauvaise cuisine. Les serveuses qui entraient et sortaient des cuisines adressaient au Cimmérien des regards surpris, car il était rare de voir des personnes utiliser la porte de la ruelle. En outre, ce jeune colosse armé d'une épée et d'une dague n'avait rien d'un client ordinaire.

Dans la salle commune, les tables étaient occupées par des muletiers, des chameliers et des charretiers, étrangers pour la plupart. L'odeur de la sueur et des bêtes se mêlait à celle du vin aigre. Des filles aux hanches mouvantes, vêtues d'étroites bandes de soie aux couleurs vives ou d'un vêtement encore plus succinct, exhibaient ce qu'elles avaient à offrir. Plusieurs filles de joie admirèrent ouvertement le Cimmérien aux larges épaules. Certaines, assises sur les genoux d'hommes qui avaient déjà placé de l'argent dans leurs paumes, eurent droit à des réprimandes ou même des soufflets. Mais même ceux qui s'estimaient aussi féroces que des molosses savaient reconnaître un loup dans ce jeune homme athlétique et reportaient leurs pensées et leur colère sur d'autres que lui.

Conan n'en avait pas conscience. Après s'être assuré qu'aucun garde ne se trouvait dans la salle, il n'accorda plus le moindre intérêt à la clientèle et se rapprocha rapidement du comptoir.

Grand et maigre au point de paraître squelettique, Manétes possédait un visage cadavérique. L'aspect famélique de l'aubergiste ne semblait pas choquer ses clients, bien que Conan ne fût jamais parvenu à en comprendre la raison.

– Malak est ici ? lui demanda Conan à voix basse.

– Au premier. Troisième porte sur la droite. (Manétes essuya ses mains grêles sur son tablier sale et lança un regard derrière le Cimmérien, comme s'il s'attendait à voir entrer des poursuivants.) Des ennuis ?

– Pas pour vous, répondit Conan avant de se diriger vers l'escalier.

Il savait pouvoir compter sur la discrétion de cet homme dont il avait sauvé la fille, que deux Iranistiens escomptaient vendre à bon prix à Aghapur. Manétes garderait le silence, même avec des fers rouges sous la plante des pieds.

Au premier étage, Conan ouvrit la troisième porte, puis bondit en arrière pour esquiver une dague qui frôlait sa gorge.

– C'est moi, imbécile !

Avec un sourire gêné, Malak glissa l'arme dans sa gaine et se recula, pendant que Conan refermait la porte.

– Désolé, déclara le petit voleur avec un rire nerveux. C'est seulement que... eh bien... Par Mitra, Conan,

Taramis se lance personnellement à notre poursuite, et ce feu... c'était de la sorcellerie, non?... J'ignorais ce que tu étais devenu, et... comment es-tu parvenu à t'enfuir? J'avais presque oublié la bagarre de l'*Auberge des Trois Couronnes*, et que nous nous étions ensuite retrouvés ici. Allons-nous quitter cette ville? Ont-ils déterré les joyaux? Nous devons retourner là-bas et récupérer le butin. Ces pierres nous permettront de...

– Calme-toi, ordonna Conan. Nous restons à Shadizar. Pour l'instant, en tout cas. Taramis a un travail à me confier.

– Quel genre de travail? demanda Malak avec méfiance. Et combien d'or t'offre-t-elle?

– J'ignore encore ce qu'elle veut. Quant au prix... Taramis prétend pouvoir ressusciter Valéria.

Le petit homme libéra sa respiration entre ses dents serrées et porta son regard de tout côté, comme s'il cherchait une issue.

– Sorcellerie, parvint-il finalement à marmonner. Je sais que ce feu était surnaturel, mais crois-tu qu'elle possède un tel pouvoir? Et même si c'est le cas, peux-tu lui faire confiance?

– Je dois courir ce risque, pour Valéria... (Il secoua la tête. Malak était son ami, mais il ne comprendrait pas.) Tu n'as pas les mêmes raisons que moi d'accepter, c'est pourquoi je te propose la moitié de ma part sur les gemmes d'Amphrates en échange de ton aide.

Malak sembla immédiatement voir la situation sous un jour nouveau.

– Il était inutile de me faire cette offre, Cimmérien. Nous sommes amis, pas vrai? Mais j'accepte, afin de dissiper tes scrupules. A condition, bien sûr, que je n'aie pas à pénétrer dans le palais de Taramis. Elle a jeté trois de mes cousins dans ses cachots, voici quelques années, et deux y ont laissé la vie.

– Tu n'auras pas à le faire, mais sois certain que Taramis ne veut pas ta mort. Dans la plaine, elle a seulement exigé ton départ.

– Ce qui démontre qu'elle ne sait pas reconnaître le talent. Si elle a besoin des services d'un voleur, qui serait plus qualifié que moi ? Mais qu'est-ce que je dis ? Je vais aller brûler de l'encens au temple, pour rendre grâce à Mitra qu'elle t'ait choisi plutôt que moi. Que veux-tu que je fasse ?

– Je vais me rendre au palais de Taramis. Surveille-le avec vigilance, car j'ignore où je devrai aller ensuite, et je n'aurai peut-être pas le temps de revenir te chercher. Découvre également où se trouve Akiro.

– Un autre sorcier ! s'exclama Malak.

Akiro était effectivement un magicien. Ce petit homme replet, à l'épiderme jaunâtre comme les personnes originaires de la lointaine Khitaï, bien qu'il n'eût jamais précisé où il avait vu le jour, avait autrefois utilisé ses pouvoirs pour assister Conan. Le Cimmérien n'avait en lui qu'une confiance limitée et se méfiait en fait de tous les sorciers, mais il espérait que la sympathie qu'Akiro avait portée à Valéria entrerait peut-être en ligne de compte.

– Je puis avoir besoin de lui, Malak, afin de surveiller les agissements de Taramis et de m'assurer que Valéria ne revient pas en ce monde victime d'une malédiction.

– Je le trouverai, Cimmérien. As-tu le temps de boire à la chance ou dois-tu regagner immédiatement le palais de Taramis ?

– Je vais m'y rendre pour la première fois, répondit Conan en riant. Je lui ai faussé compagnie et ses gardes parcourent les rues à ma recherche. Mais j'espère pouvoir atteindre son palais sans avoir à en tuer un seul.

Malak secoua la tête.

– Tu pourras t'estimer chanceux si elle ne te fait pas décapiter.

– Elle sera en colère, mais ne me tuera pas. Elle n'a pas simplement besoin d'un voleur, Malak, mais de moi. Elle connaît mon nom, et s'est rendue dans les plaines pour me trouver. J'ignore quels sont ses buts, mais l'aide de Conan le Cimmérien lui est indispensable pour parvenir à ses fins.

4

Le palais de Taramis avait l'aspect d'une forteresse. Des tours carrées se dressaient aux quatre angles de ses murailles crénelées et deux autres flanquaient la grande porte.

Ses battants étaient ouverts et gardés par deux guerriers armés de lances au fer allongé. D'autres sentinelles, aussi rigides que les pierres sur lesquelles elles veillaient, étaient de faction au sommet de chaque tour et le long des murailles. Le Cimmérien eut une moue de mépris pour ces hommes. Ils évoquaient des statues et leur utilité n'était pas plus grande. Par une nuit claire, un voleur aveugle aurait pu se glisser entre eux sans être vu.

Le soleil descendait vers l'horizon et les guerriers de faction à la porte avaient presque terminé leur tour de garde. Ils s'ennuyaient et pensaient à la nourriture, au vin et aux servantes qui les attendaient dans leurs quartiers. Conan était arrivé à trois pas des soldats lorsqu'ils comprirent qu'il n'était pas un simple passant et qu'il avait l'intention d'entrer. Compte tenu de leur expérience, les hommes tels que celui-ci n'entraient dans le palais de la princesse royale que pour être jetés dans les oubliettes. Ils abaissèrent simultanément leurs lances vers sa poitrine.

– Disparais, grommela l'un d'eux.

– Je suis venu voir Taramis, annonça Conan.

Ils regardèrent la poussière qui le couvrait et ricanèrent. L'homme qui s'était adressé à lui rouvrit la bouche.

– Je t'ai dit de...

Brusquement, Bombatta apparut entre les gardes et les écarta violemment. Les deux hommes furent projetés contre les lourds battants de la porte ouverte et s'effondrèrent sur le sol. Bombatta se dressait devant Conan et le fixait d'un regard menaçant.

– Tu as osé venir ici, après... (Le colosse balafré prit une profonde inspiration.) Où es-tu allé, par les Neuf Enfers de Zandru ?

– Les chameaux ont effrayé ma monture. En outre, j'avais besoin de boire un ou deux pichets de vin pour emporter la poussière accumulée dans ma gorge pendant notre retour à Shadizar.

Bombatta grinça des dents.

– Suis-moi.

Il pivota pour rentrer dans le palais. Les gardes se relevèrent et s'écartèrent prudemment de son chemin, mais il cria :

– Togra, remplace ces incapables !

Conan le suivit sans se hâter, malgré l'expression menaçante de Bombatta qui devait ralentir le pas pour ne pas le distancer.

Pour gagner le palais proprement dit, ils suivirent une large allée à travers un jardin que des fontaines de marbre nimbaient d'une bruine miroitante, et où se dressaient des colonnes d'albâtre. Par endroits, de grands arbres offraient une ombre agréable et les espaces à découvert étaient occupés par des buissons fleuris et des plantes originaires de lieux aussi lointains que Vendhya et Zingara. D'autres allées serpentaient entre les massifs et, uniquement dans la partie du jardin se trouvant sous ses yeux, Conan put dénombrer une vingtaine de jardiniers : des esclaves comme l'indiquaient leurs courtes tuniques et leurs jambes nues.

Un portique de hautes colonnes entourait le palais, à l'intérieur duquel s'ouvraient un grand nombre de cours fleuries au sol de marbre poli, surplombées de balcons perçant des murs d'un blanc lumineux même sous la clarté mourante du jour. Des tapisseries ouvragées étaient tendues dans les couloirs et des tapis de Vendhya couvraient le sol. Des esclaves s'affairaient à allumer des lampes d'or avant la tombée de la nuit.

Bombatta le conduisait vers le cœur du palais et ils pénétrèrent dans une cour intérieure où se dressaient de nombreuses petites colonnes. Chaque piédestal portait un symbole sculpté dans l'albâtre, le porphyre ou l'obsidienne. Il en reconnut certains qu'il avait vus sur les cartes des astrologues et fut heureux de ne pouvoir en identifier d'autres sur lesquels son regard ne s'attarda pas. Dans cette cour se trouvaient de petits groupes d'hommes en robes safran et noires brodées de signes mystérieux. D'autres personnages, vêtus de robes d'or, se tenaient à l'écart. Tous portèrent sur lui leur regard lorsqu'il arriva : des yeux qui l'évaluaient, le mesuraient, le jaugeaient.

– Voici Conan, annonça Bombatta.

Et le Cimmérien prit conscience qu'il ne s'adressait pas à ces hommes, mais à Taramis qui se trouvait sur un balcon les surplombant.

La princesse portait toujours sa tenue de voyage maculée, et ses traits étaient tendus par la fureur. Ses yeux se rivèrent à ceux de Conan. Elle semblait attendre qu'il détournât le regard et secoua la tête avec irritation en constatant qu'il ne cédait pas.

– Fais-le laver, puis amène-le-moi.

Sans rien ajouter, elle quitta le balcon.

Sa colère n'était pas plus grande que celle de Conan.

– Me faire laver ! grommela-t-il. Je ne suis pas un cheval !

Il fut surpris de découvrir également de l'irritation dans l'expression de Bombatta.

– Les bains sont par ici, voleur !

L'homme à l'armure ébène s'éloigna sans regarder derrière lui pour s'assurer que Conan le suivait.

Le Cimmérien n'hésita qu'un instant. Il était heureux à la perspective de se débarrasser de la poussière, même s'il ne pouvait tolérer les termes injurieux employés par Taramis.

Les murs de la salle dans laquelle Conan fut conduit étaient recouverts de mosaïques représentant des ciels bleutés et des cours d'eau. Au centre se trouvait une vaste piscine carrelée de blanc et, au delà, une banquette basse ainsi qu'une petite table couverte de fioles emplies d'huiles. Quatre filles portèrent sur lui leurs yeux noirs et dissimulèrent de petits rires derrière leurs paumes. Toutes avaient des cheveux tressés remontés sur la tête, et de courtes tuniques de voile blanc qui épousaient leurs formes élancées ou généreuses.

– Quelqu'un viendra te chercher, voleur, annonça Bombatta.

Conan perdit son sourire.

– Le ton que tu emploies commence à m'irriter.

– Si Taramis n'avait pas besoin de toi...

– Que cela ne retienne pas ta main. Je serai toujours disponible... ensuite.

Bombatta allait dégainer, mais il se contint et quitta la salle à grands pas.

Les quatre filles, qui étaient restées silencieuses pendant l'altercation, se regroupèrent pour fixer Conan avec crainte.

– Je ne vous mordrai pas, leur dit-il avec douceur.

En hésitant, elles s'approchèrent de lui, puis tirèrent sur ses vêtements et lui adressèrent la parole.

– Je croyais que vous alliez vous battre, seigneur.

– Bombatta est un guerrier redoutable, seigneur. Un homme dangereux.

– Vous êtes aussi grand que lui, seigneur. Je n'aurais pas cru que cela était possible.

– Bombatta est plus grand. Mais je ne doute pas de votre force, seigneur.

– Arrêtez ! rit Conan. Une à la fois. Tout d'abord, je ne suis pas un seigneur. Ensuite, je peux me laver seul. Et troisièmement, qui êtes-vous ?

— Je m'appelle Aniya, seigneur, répondit la plus élancée de toutes. Et voici Taphis, Anouk et Lyella. Si nous sommes ici, c'est pour vous assister dans votre bain.

Conan fit courir un regard appréciateur sur les courbes de son corps.

— Je peux imaginer des occupations plus agréables.

Il fut surpris de voir Aniya rougir.

— C'est... c'est interdit, seigneur, balbutia-t-elle. Nous sommes consacrées au Dieu Endormi.

Les autres hoquetèrent et le visage d'Aniya perdit brusquement ses couleurs.

— Le Dieu Endormi ? répéta Conan. Quelle est donc cette divinité ?

— Je vous en supplie, seigneur, gémit Aniya. Il est interdit de prononcer son nom. Si l'on apprenait que je l'ai fait, je... je serais châtiée.

— Je resterai muet, affirma Conan.

Mais, en dépit de sa promesse, elles limitèrent ensuite leur conversation à des sujets plus prosaïques. Il demeura immobile pendant qu'elles le savonnaient puis le rinçaient, le savonnaient et le rinçaient à nouveau. Elles le séchèrent puis le massèrent avec des huiles odoriférantes. Elles le vêtaient d'une robe de soie blanche, lorsqu'un homme chauve et ridé arriva.

— Je suis Jarvanéus, dit-il en s'inclinant légèrement. Le Grand Chambellan de la princesse Taramis.

Au ton de sa voix, Conan put comprendre qu'il jugeait sa position infiniment plus élevée que celle d'un voleur.

— Si vous avez terminé, je vais vous conduire à... (Il toussa, comme Conan récupérait son ceinturon et son épée.) Vous n'en aurez nul besoin.

Conan boucla malgré tout son ceinturon et glissa l'épée et la dague dans leurs fourreaux. Il refusait de rester désarmé, surtout à l'intérieur de ce palais.

— Conduisez-moi à Taramis, dit-il.

Jarvanéus toussa.

– Je vais vous conduire auprès de la *princesse* Taramis.

Le Cimmérien lui fit signe de le précéder.

Conan allait de surprise en surprise. Le vieil homme ne le guida pas vers une salle d'audience. Un grand lit circulaire occupait l'extrémité de la vaste pièce où des lampes d'or compensaient la tombée du jour. Le sol dallé de marbre était recouvert par des tapis de Vendhya et d'Iranistan; en son centre se trouvait une table basse de cuivre sur laquelle étaient posées une carafe de vin et deux coupes d'or ciselé. Taramis, drapée de voiles de soie noire, se reposait sur un lit de coussins empilés sur le sol.

Ils n'étaient pas seuls, dans cette pièce. Un garde en cuirasse noire se dressait dans chaque encoignure, sans casque, la poignée d'une épée dépassant au-dessus de l'épaule droite. Ces hommes regardaient droit devant eux, sans mouvoir un seul muscle, et ils ne semblaient ni respirer ni ciller.

– Mes gardes du corps, annonça Taramis en les désignant de la main. Les meilleurs guerriers de Bombatta, presque aussi valeureux que lui. Mais ne t'inquiète pas à leur sujet. Ils n'attaquent que sur mon ordre. Du vin ?

Elle se leva avec grâce et se pencha pour emplir leurs coupes. Conan eut la gorge serrée. La soie noire s'était tendue sur ses fesses rondes. Les innombrables plis de la soie rendaient le vêtement opaque, mais, ainsi tendu, il devenait arachnéen et transparent. Taramis était nue dessous et, alors qu'elle lui apportait une coupe, il découvrit qu'il ne pouvait détacher le regard du léger balancement de ses seins plantureux.

– Si tu désires te restaurer, je te ferai apporter de la nourriture, dit la femme d'une voix où perçait de l'amusement.

Conan sursauta et s'empourpra.

– Non, je ne veux rien.

Furieux contre lui-même, il prit la coupe qu'elle lui

tendait. On aurait pu croire qu'il n'avait encore jamais vu de femme. Faute de pouvoir se dominer mieux que cela, il ferait bien de renoncer immédiatement. Il se racla la gorge.

– Vous voulez me charger d'une mission. Je ne pourrai pas l'accomplir tant que je ne saurai pas de quoi il s'agit.

– Tu veux que cette Valéria te soit rendue ?

Elle se rapprocha jusqu'au moment où ses seins frôlèrent la poitrine du colosse. A travers la tunique, ils semblaient aussi brûlants que deux braises.

– Je veux qu'elle revive.

Il se dirigea vers les coussins d'une démarche qu'il espérait désinvolte et s'y allongea. Taramis vint se tenir au-dessus de lui, et il releva les yeux en tentant de ne pas s'attarder sur les courbes tentatrices de ses cuisses, de son ventre et de ses seins. Il ne nota pas le petit sourire qui tendit brièvement les lèvres de la femme.

– Garde bien à l'esprit ce que tu désires, voleur, et fais ce que je t'ordonne de faire.

– Vous ne m'avez toujours pas révélé ce que vous vouliez de moi.

Il dut réprimer un soupir de soulagement lorsqu'elle s'écarta de lui pour faire les cent pas dans la pièce.

– J'ai une nièce, Dame Jehnna, expliqua lentement Taramis. Elle a toujours vécu en recluse. Ses parents, mon frère et son épouse, sont morts alors qu'elle était en bas âge. Le choc fut trop violent pour elle. Cette enfant est... délicate, son esprit fragile. Mais elle doit effectuer un voyage et il faut que tu l'accompagnes.

Conan s'étrangla avec une gorgée de vin.

– Il faut que je l'accompagne ? répéta-t-il lorsqu'il en fut capable. Je ne suis pas un chevalier servant ! Ce que je veux dire, c'est que je ne suis pas accoutumé à ce genre de choses.

– Tu veux dire que tu es un voleur. Je ne t'ai pas livré aux gardes de la cité, Conan. Pourquoi le ferais-je à présent ? C'est d'un voleur que j'ai besoin, car

Jehnna doit dérober une clé : une clé qu'elle seule peut toucher. Et également le trésor dont cette clé lui ouvrira l'accès. Qui pourrait l'aider plus efficacement que le plus grand voleur de tout Zamora ?

Le Cimmérien eut l'impression d'avoir des vertiges et posa la coupe sur la table. Il ne devait surtout pas s'enivrer.

– Je devrais accompagner cette enfant, Dame Jehnna, et l'aider à s'approprier une clé ensorcelée et un trésor ? Si c'est ce que vous exigez de moi en échange de la vie de Valéria, je le ferai. Même si je ne parviens pas à comprendre pourquoi elle ne part pas avec une suite de serviteurs et une centaine de vos gardes, plutôt qu'avec un voleur.

– Parce qu'il est écrit dans les Manuscrits de Skelos qu'elle doit voyager ainsi.

Taramis se tut brusquement et mordit sa lèvre inférieure.

– Ces Manuscrits...

D'un geste de la main, la femme lui indiqua que le sujet était clos.

– De simples prophéties, dit-elle. Elles annoncent ce qui doit être fait, et par quels moyens. Oublie ces Manuscrits. Ils sont écrits dans un ancien langage uniquement connu des... érudits. S'ils manquent de précision quant au nombre de personnes qui effectueront ce voyage, deux compagnons sont mentionnés de façon spécifique. Je veux parler de toi et de Bombatta.

Conan fit entendre un grognement. Il oubliait les Manuscrits pour des préoccupations d'ordre plus immédiat. Bombatta l'accompagnerait ? Enfin, il lui serait toujours possible de régler ce problème par la suite, en cas de besoin.

– Où se trouve la clé que nous devons trouver ?

– Dame Jehnna te guidera.

– Je préférerais disposer d'une carte, lui dit-il. Ainsi que d'un plan des lieux où se trouve la clé. Et le trésor ?

Quelle est sa nature ? Aurons-nous besoin d'animaux de bât, pour le rapporter ?

— Dame Jehnna pourra le tenir dans ses mains, mon beau voleur. Une chose dont nulle autre personne ne serait capable. C'est tout ce que tu as besoin de savoir. Quant aux cartes, il n'en existe aucune, et il ne peut y en avoir hormis dans l'esprit de ma nièce. A sa naissance, des sortilèges l'accordèrent sur cette clé. Elle percevra sa présence au cours de ce voyage et sera attirée par elle. Et lorsque la clé sera entre ses mains, elle s'accordera de la même façon sur le trésor.

Conan soupira. Il n'était pas surpris qu'elle voulût garder des secrets. Nombreux étaient ceux qui ne pouvaient faire entièrement confiance à un voleur, même lorsque ce dernier travaillait pour leur compte. Cependant, cela ne simplifierait rien.

— Existe-t-il d'autres choses que je doive savoir ou me préparer à affronter ? N'oubliez pas que l'ignorance peut provoquer non seulement ma mort, mais également celle de votre nièce.

— Il ne doit arriver aucun mal à Jehnna ! fit sèchement Taramis.

— Je la protégerai, mais je ne pourrai y parvenir dans l'ignorance la plus complète. Si vous savez...

— Entendu. Je... je sais de source sûre que la clé est actuellement détenue par un certain Amon-Rama, un Stygien.

— Un sorcier !

Il ne pouvait en douter, après tout ce qu'il venait d'entendre.

— Oui, un sorcier. Tu vois, je te révèle tout ce que je sais. Je souhaite la réussite de cette mission autant que toi, sinon plus. As-tu peur ? N'oublie pas ta Valéria.

L'expression de l'homme se durcit.

— J'ai dit que j'acceptais ce marché.

— Parfait. Maintenant, un ultime détail, aussi important que le reste. Pour toi, tout au moins. Dans sept nuits, les étoiles auront une configuration qui ne se produit qu'une fois par millénaire. C'est pendant cette nuit que je pourrai te rendre Valéria. *Si* tu es revenu avec le trésor et Dame Jehnna. (De la main, elle fit taire les protestations qu'il allait formuler.) Mes astrologues ne peuvent localiser ni la clé ni le trésor, mais ils m'ont affirmé que les deux peuvent être trouvés et rapportés à Shadizar en temps voulu.

– Ils l'affirment, répéta Conan avant d'avoir un rire sans joie.

Il regarda le fond de sa coupe, et la vida d'un trait. Une heure plus tôt, il avait posé le pied sur le terrain mouvant de la sorcellerie. A présent, il s'y trouvait enfoncé jusqu'au cou, et dans un épais brouillard.

Brusquement, un cri s'éleva à l'intérieur du palais. Conan se leva d'un bond et porta la main à son épée. Il vit les gardes se raidir et comprit que c'était en raison de sa réaction. Ils n'avaient pas tressailli en entendant ce hurlement.

– C'est ma nièce, se hâta de préciser Taramis. Jehnna fait des cauchemars. Assieds-toi, Conan. Assieds-toi. Je reviendrai dès que je me serai assurée qu'elle n'a besoin de rien.

Et, à la grande surprise du Cimmérien, la princesse royale de Zamora quitta la salle en courant.

Taramis n'avait pas à aller loin, et la colère lui faisait presser le pas. Elle avait cru que ces cauchemars appartenaient au passé, qu'ils ne tourmenteraient plus sa nièce. Jehnna était recroquevillée au centre de son lit, sanglotant convulsivement sous la faible clarté de la lune qui pénétrait par les fenêtres voûtées. Taramis ne fut pas surprise de ne découvrir aucun serviteur. Ils savaient qu'elle seule pouvait chasser les sinistres visions qui hantaient les nuits de Jehnna. La princesse s'agenouilla à côté du lit et plaça ses mains sur les épaules de sa nièce.

La jeune fille sursauta, puis elle vit Taramis et l'étreignit.

– C'était horrible, pleura-t-elle. Horrible!

N'ayant pas encore atteint dix-huit ans, Jehnna était élancée et jolie, mais ses grands yeux sombres étaient emplis de larmes et ses lèvres tremblaient incontrôlablement.

– Un simple rêve, l'apaisa Taramis tout en caressant ses longs cheveux noirs. Rien de plus qu'un rêve.

– Mais j'ai vu... j'ai vu...

– Chuuut. Repose-toi, Jehnna. C'est demain que commencera ta grande aventure. Tu ne vas pas te laisser terroriser par des rêves.

– Mais ils sont tellement effrayants.

– Chut, mon enfant.

Taramis posa l'extrémité de ses doigts sur les tempes de Jehnna et psalmodia à mi-voix. Lentement, les sanglots de la jeune fille s'apaisèrent, ses tremblements cessèrent. Lorsque sa respiration eut retrouvé le rythme lent et profond du sommeil, Taramis se redressa. Elle avait pensé des centaines de fois à ce rêve et chassé son souvenir de son esprit, mais ce maudit cauchemar revenait toujours la hanter. Elle massa ses propres tempes. Le pouvoir qui avait tracé le destin de la jeune fille rendait chaque fois plus difficile de repousser les visions. Mais sans ce pouvoir et cette destinée, il n'y aurait pas eu de cauchemars. Jehnna était celle dont parlaient les Manuscrits, et cela seul avait de l'importance. Taramis suivait cette voie depuis l'enfance. Dès qu'elle avait eu l'âge de raison, sa tante, la princesse Elfaine, avait entrepris de lui enseigner les deux uniques sciences permettant à une femme d'acquérir la puissance : la séduction et la sorcellerie. A la mort d'Elfaine, Taramis, qui venait d'avoir dix ans, n'avait pas assisté aux rites funéraires. Si ses aînés avaient attribué son absence à un chagrin trop profond, Taramis était en fait occupée à piller les appartements de sa tante, y dérobant les ouvrages de sorcellerie et les objets magiques qu'Elfaine avait passé sa vie à collecter. Elle avait trouvé les Manuscrits de Skelos, entamant ainsi vingt années de labeur qui porteraient bientôt leurs fruits.

Elle prit conscience de la présence de Bombatta sur le seuil et traversa rapidement la chambre pour prendre par les bras l'homme qui fixait la jeune fille allongée sur le lit. Il résista un instant, puis se laissa entraîner dans le couloir obscur.

– Tu ne prends même plus la peine de dissimuler tes sentiments, déclara-t-elle avec un calme trompeur. Tu désires ma nièce, inutile de le nier.

Le colosse se balançait d'un pied sur l'autre, comme un adolescent sur le point d'être réprimandé.

– C'est plus fort que moi, murmura-t-il finalement. Vous êtes feu et passion, mais elle est innocence et pureté.

– Et elle doit rester innocente. Les Manuscrits de Skelos sont formels sur ce point.

En vérité, la virginité de Jehnna n'était mentionnée dans aucun texte. Les écrits précisaient simplement qu'elle devait être exempte de la semence du mal et posséder une âme pure. Sa vie cloîtrée en avait été garante, mais Taramis avait découvert les sentiments de Bombatta bien avant qu'il en eût lui-même conscience.

– Même si ce n'était pas le cas, tu m'appartiens, lui dit-elle. Et je refuse de te partager avec qui que ce soit.

– Je n'aime pas vous savoir seule avec ce voleur, grommela-t-il.

– Seule? rit Taramis. Quatre de tes meilleurs gardes se tiennent prêts à bondir sur lui ou à le pourfendre s'il me menace. (Le colosse marmonna des propos inintelligibles et Taramis se renfrogna.) Parle plus fort, que je puisse t'entendre, Bombatta. Tu ne dois rien me dissimuler.

Il la fixa un long moment, puis déclara :

— Je ne puis tolérer qu'un voleur vous regarde, vous désire, vous caresse...

— Tu t'oublies.

Ses paroles étaient cinglantes comme des coups de fouet, et Bombatta recula d'un pas. Puis il s'agenouilla lentement et baissa humblement la tête.

— Pardonnez-moi. Mais vous ne devez pas faire confiance à ce Conan. C'est un étranger, un voleur.

— Imbécile ! Il est écrit dans les Manuscrits de Skelos que Jehnna doit être accompagnée par un voleur aux yeux couleur du ciel. Conan est le seul à posséder des yeux clairs dans tout Shadizar, peut-être dans tout Zamora. Tu exécuteras mes ordres. Tu suivras les instructions des Manuscrits à la lettre. A la lettre, Bombatta.

— Vous ordonnez, et j'obéis.

Taramis lui caressa la tête, comme s'il était un de ses chiens.

— Bien sûr, Bombatta.

Elle se sentait excitée par la victoire qu'elle savait proche. La Corne de Dagoth lui appartiendrait. L'immortalité et la puissance seraient à elle. Cela l'électrisait et des ondes de chaleur traversaient son ventre. Sa main tremblait, dans les cheveux de Bombatta.

— A présent, regagne ta chambre et dors. Dors, et songe à notre triomphe.

Toujours agenouillé, Bombatta la regarda s'éloigner. Ses yeux d'obsidienne luisaient dans la pénombre.

Conan se leva dès que Taramis entra dans la chambre.

— Votre nièce ? demanda-t-il.

— Elle va mieux, elle dort.

La princesse leva la main et les gardes quittèrent la chambre sans dire un seul mot.

— Dors-tu ou es-tu éveillé, voleur ? Il est tard, et tu me parles de ma nièce.

Les voiles de soie diaphane qui dansaient au rythme de ses pas dévoilaient brièvement son corps nu.

Le Cimmérien ne savait que penser. En présence d'une servante, ou même de la fille d'un riche marchand, il eût été certain de la signification de ces propos. Mais il s'agissait d'une princesse, et il hésitait.

– Es-tu toujours un homme? dit-elle en riant. Le chagrin que tu éprouves pour ta Valéria bien-aimée t'aurait-il fait perdre ta virilité?

Conan était conscient qu'il ne pourrait expliquer à Taramis ce qui avait existé et existait toujours entre Valéria et lui. Il n'était pas certain de le savoir lui-même. Mais une chose était sûre.

– Je suis un homme.

Taramis porta ses mains à son cou et une onde de soie noire tomba à ses pieds. Ses yeux noirs et sa nudité le provoquaient.

– Démontre-le.

Dédaignant le lit, Conan l'entraîna sur le sol et lui fournit les preuves qu'elle lui demandait.

5

Conan fixait le feu de tourbe séchée et pensait aux flammes surnaturelles qui avaient dansé sur son autel de pierre rudimentaire. Ils se trouvaient à une journée de voyage de Shadizar et Malak ne les avait toujours pas rejoints. Le Cimmérien répugnait à admettre qu'il pouvait avoir besoin d'aide, mais il était désormais certain que la présence d'Akiro lui serait indispensable avant la fin de ce voyage. Et ensuite, si Taramis tenait sa promesse. Où était Malak, par les Neuf Enfers de Zandru?

Sourcils froncés, il s'arracha à ces pensées inutiles et

se surprit à étudier ses compagnons. Ou plutôt, l'un d'eux.

Bombatta versa l'eau d'une des outres en peau de chèvre dans une tasse d'argent qu'il alla offrir à Jehnna. Avec un sourire de reconnaissance, elle sortit une main de son manteau de laine blanche qu'elle serrait contre son corps pour se protéger de la froidure de la nuit. Cette jeune fille n'était pas telle que Conan se l'était imaginée, et cela le surprenait encore. Taramis ayant parlé d'une enfant, il avait cru qu'il escorterait une fillette de neuf ou dix ans, et non une jeune fille du même âge que lui et dont le corps gracieux possédait l'élégance inconsciente d'une gazelle.

– Notre route, dit brusquement le Cimmérien. Jehnna, allons-nous continuer dans la même direction, demain matin ?

– *Dame* Jehnna, voleur ! gronda Bombatta.

La jeune fille sursauta, comme surprise que Conan se fût adressé à elle. Ses yeux bruns, aussi grands que ceux d'un jeune faon, le fixèrent un instant puis se portèrent à nouveau sur Bombatta. Et ce fut au guerrier à la cuirasse noire qu'elle adressa sa réponse.

– Je serai fixée le moment venu. Pour l'instant, je sais seulement que nous devons nous diriger vers l'ouest.

Vers les monts Karpash, pensa Conan. Il s'agissait d'une haute chaîne accidentée où un homme pouvait facilement se perdre, s'il ne connaissait pas la région et n'avait pas un guide expérimenté. Seuls les cols principaux étaient mentionnés sur les cartes, et les montagnards n'étaient guère amicaux envers les étrangers. Ils arboraient de larges sourires accueillants, puis plantaient un couteau entre les côtes des voyageurs.

Qu'elle ne lui eût pas répondu directement ne surprit pas le Cimmérien. Depuis leur départ du palais de Taramis, peu avant l'aube, elle ne lui avait pas adressé une seule fois la parole et n'avait conversé qu'avec Bombatta. Mais il savait le peu de considération de certaines personnes pour la profession qu'il avait choisi d'exercer.

– Connaissez-vous le chemin que nous allons suivre ? s'enquit-il. La clé vous attire-t-elle vers elle ?

– Ne lui pose pas de questions, voleur.

Un loup hurla dans la nuit, et ce son gémissant sembla se fondre dans l'obscurité.

– Qu'était-ce, Bombatta ? demanda Jehnna avec curiosité.

Le guerrier balafré adressa un dernier regard à Conan, avant de répondre :

– Seulement un animal, mon enfant. Semblable à un chien.

– En verrons-nous un ?

– Peut-être, mon enfant.

Conan secoua la tête. La jeune fille semblait ravie par tout ce qu'elle découvrait. Les rues désertes de Shadizar lorsqu'ils avaient quitté la ville; les tentes et les chameaux endormis d'une caravane hors de l'enceinte de la cité; la meute de hyènes qui les avait suivis à distance pendant une demi-journée sans parvenir à réunir suffisamment de courage pour les attaquer, tout cela l'avait fascinée, l'incitant à poser d'innombrables questions à Bombatta.

– Ce que j'ignore peut nous coûter la vie, fit remarquer Conan.

– Ne l'effraie pas, voleur ! ordonna sèchement Bombatta.

Jehnna posa la main sur le bras du guerrier.

– Je n'ai pas peur, Bombatta. Mon brave Bombatta.

– Alors, expliquez-moi comment vous pourrez trouver cette clé, insista Conan. Ou dites-le à Bombatta, si vous refusez toujours de m'adresser la parole.

Les yeux de la jeune fille se portèrent brièvement sur le Cimmérien, puis se rivèrent sur un point situé entre les deux hommes.

– Je ne sais pas vraiment comment je connais le chemin, mais je le connais. Comme si je m'étais déjà rendue en ce lieu, dit-elle avant de secouer la tête et d'avoir un petit rire. C'est naturellement impossible. Je ne suis jamais sortie du palais de ma tante avant ce jour.

– Si vous pouviez me dire où nous allons, même de façon imprécise, il me serait possible de trouver une route plus courte que celle que vous connaissez, insista Conan. Le temps presse.

Il pensait à la configuration stellaire qui était, selon Taramis, indispensable pour rendre la vie à Valéria. Il toucha l'amulette suspendue à son cou.

A nouveau, Jehnna secoua imperceptiblement la tête.

– La route que je vois devant moi est celle qu'il convient de suivre. Ce n'est qu'en la découvrant que je... m'en souviens. (Elle se mit brusquement à rire et leva les yeux vers le ciel.) En outre, je ne tiens pas à ce que ce voyage prenne fin rapidement. Je voudrais qu'il dure éternellement.

– C'est impossible, mon enfant, répondit Bombatta. Nous devons être de retour à Shadizar dans six nuits.

Conan tenta de garder un visage inexpressif. Bombatta ne se préoccupait certainement pas de la résurrection de Valéria. Que devait-il se passer d'autre, cette nuit-là ?

– Il est temps de dormir, mon enfant. Nous repartirons très tôt.

Il entreprit de préparer son lit et écarta les pierres, avant d'ameublir le sol avec sa dague.

– Je t'en prie, Bombatta, dit Jehnna. Faut-il vraiment que je m'endorme maintenant ? Les étoiles semblent si différentes, vues d'ici. J'ai presque l'impression de pouvoir les toucher.

Comme Bombatta étalait des couvertures sur le sol ameubli, elle soupira puis dissimula un bâillement derrière sa paume.

– Oh ! d'accord. Je voudrais seulement tout découvrir, et il existe tant de choses nouvelles.

Elle s'allongea, et Bombatta étala sur elle une autre couverture, avec une douceur surprenante.

– Je vous permettrai de découvrir le plus de choses possibles, mais nous devrons être rentrés à Shadizar dans six nuits.

L'attitude de Bombatta penché sur la jeune fille évoquait pour Conan celle d'un amoureux. S'il n'avait pas été à ce point évident que Jehnna était toujours vierge, il aurait pensé que cet homme était son amant.

Bombatta se releva et se dirigea vers le feu pour le recouvrir de terre.

– Je prendrai le premier tour de garde, voleur.

Sans rien ajouter, il revint auprès de Jehnna, dégaina son épée, et s'assit en tailleur avec la lame nue sur ses genoux.

Conan serra les lèvres. L'homme s'était placé entre lui et Jehnna, comme si c'était contre ce dernier qu'il devait la protéger. Sans quitter Bombatta des yeux, le Cimmérien s'allongea sur le sol, la main droite posée sur le pommeau de sa propre épée. Il ne se couvrit pas d'une couverture. Il était accoutumé à un froid plus vif que celui de la plaine zamoréenne, et une couverture ralentirait ses mouvements s'il devait se servir de son arme. Cela eût été fatal face à un homme ayant déjà dégainé. Cependant, en dépit de la méfiance que lui inspirait Bombatta, il s'interrogeait sur ce nouveau mystère. Que se passerait-il à Shadizar, six nuits plus tard?

Sous un soleil rougeâtre à la chaleur accablante, les trois cavaliers se dirigeaient vers l'ouest et Jehnna abaissa le capuchon de son manteau blanc, cherchant vainement à apporter à son visage la fraîcheur de son ombre. Elle savait que Bombatta avait raison, lorsqu'il lui disait que ce manteau la protégeait du soleil (elle avait exposé sa main à ses rayons et avait été convaincue.) Mais elle souffrait de la chaleur. Il s'agissait d'une expérience dont elle se serait volontiers passée. Devant eux se dressait la masse grisâtre des montagnes couronnées de neige, les Karpash, annonciatrices de fraîcheur. Elle humecta ses lèvres, qui se retrouvèrent sèches presque aussitôt.

– Ces montagnes, Bombatta, dit-elle. Allons-nous rapidement les atteindre ?

Il pivota vers elle et elle eut un frisson de peur face à son visage balafré et en sueur. Stupidité, se dit-elle. Avoir peur de Bombatta, qu'elle connaissait depuis toujours ? Stupidité, vraiment.

– Pas rapidement, mon enfant. Demain dans la matinée, peut-être.

– Mais elles semblent si proches.

– Ce phénomène est dû à l'atmosphère des plaines. Nos yeux les trouvent proches, mais elles sont encore à bien des lieues.

Jehnna aurait voulu demander de l'eau, mais elle avait vu Bombatta vérifier le contenu des outres lorsqu'elle s'était désaltérée pour la dernière fois. Il n'avait bu que deux gorgées, depuis leur éveil. Elle porta le regard sur Conan qui se trouvait en tête, avec la longe du cheval de bât attachée à sa selle. Le nordique avait bu une gorgée à son éveil, puis n'avait plus adressé un seul regard aux outres. Une main posée sur le pommeau de son épée, il scrutait le terrain du regard sans paraître noter que le soleil les grillait depuis l'aube et qu'il n'était pas encore à mi-chemin de son ascension vers le zénith.

Elle trouvait ce jeune homme étrange, bien qu'elle manquât d'éléments de comparaison. Il n'était pas plus âgé qu'elle, elle en était certaine, mais ses yeux d'une couleur peu commune semblaient incroyablement vieux. La soif ne l'incommodait pas, non plus que la chaleur. Les éléments pouvaient-ils le ralentir ? Pluie, vent ou neige ? Elle avait entendu parler de la neige que l'on trouvait dans les montagnes, des couches aussi hautes qu'un palais. Non, elle était certaine qu'il ne se laisserait arrêter par rien. Peut-être était-ce pour cette raison que Taramis avait voulu qu'il les accompagne? Peut-être était-il un héros, un prince travesti comme dans les histoires que lui contaient les servantes lorsque sa tante était absente.

Jehnna adressa un regard à Bombatta.

— Il est beau, n'est-ce pas?

— Qui est beau?

— Conan.

Il se tourna vers elle et, pendant un instant, elle fut à nouveau effrayée.

— Vous ne devez pas penser de telles choses, dit-il sèchement, sans la douceur qu'il employait habituellement avec elle. Surtout pas de cet homme.

— Ne m'en veux pas, Bombatta. Je t'aime bien, et je ne voudrais pas que tu sois en colère contre moi.

La tristesse modifia les traits de l'homme pendant un bref instant.

— Je... je vous aime bien moi aussi, Jehnna. Je ne suis pas en colère. Seulement... ne pensez pas au voleur. Chassez-le de votre esprit. C'est préférable.

— Je ne vois pas comment y parvenir, étant donné qu'il se trouve devant nous. De plus, il me semble beau, comme dans les histoires de princes et de princesses.

— Ce n'est pas un prince.

Jehnna se sentit désappointée, mais ajouta :

— Même ainsi, je le trouve beau. Mais je ne puis le comparer à personne, toi, les esclaves et les serviteurs du palais exceptés. Aucun ne me paraît beau. Ils passent leur temps à s'agenouiller, s'incliner et ramper devant ma tante.

L'expression de Bombatta s'était encore durcie et elle chercha dans ses propos ce qui avait pu l'offenser.

— Oh! tu es beau, Bombatta. Je ne parlais pas de toi.

— Je vous ai dit de ne pas penser à de telles choses.

— Il est plus grand que n'importe quel esclave, presque autant que toi, Bombatta. Crois-tu que c'est pour cela que Taramis a voulu qu'il nous accompagne : parce qu'il est aussi fort, aussi courageux et aussi bon guerrier que toi ?

– Jehnna !

Elle sursauta et le fixa. Il ne s'était jamais emporté contre elle. Jamais.

La respiration hachée, il serra les poings et fixa l'horizon.

– Ce Conan est un voleur, Jehnna, dit-il finalement. Un voleur, et rien de plus. La princesse Taramis a ses raisons pour vouloir qu'il nous accompagne. Ce n'est pas à moi de discuter ses décisions, pas plus qu'à vous.

Jehnna se mordit la lèvre tout en réfléchissant à ce qu'elle venait d'apprendre. Lorsque Taramis lui avait dit que le jour de son départ était venu, elle avait été transportée de joie. Elle accomplirait son destin. Elle trouverait la Corne de Dagoth et la ramènerait à sa tante, s'attirant des honneurs. Mais si Taramis avait voulu qu'un voleur l'accompagne...

– Bombatta, nous faudra-t-il *voler* la Corne de Dagoth ?

De la main, il lui fit signe de se taire et adressa un regard à Conan. Le jeune colosse aux yeux bleus se trouvait trop loin pour entendre leurs paroles. A en juger à la raideur de son dos, Jehnna pensa qu'il ignorait délibérément leur présence et, pour une raison qu'elle ne put entièrement comprendre, elle en fut dépitée.

– Jehnna, Taramis vous a dit de ne pas prononcer ce nom en présence d'un autre que moi. Vous le savez. C'est votre secret.

– Conan ne peut nous entendre. Et allons-nous...

– Non ! fit-il avec la patience qui lui était propre lorsqu'elle le poussait à bout. Non, Jehnna, il ne s'agit pas d'un vol. Vous êtes la seule à pouvoir toucher la clé. Vous êtes également la seule à pouvoir toucher la Corne. N'est-ce pas la preuve que cela vous revient de droit ? Vous ne pouvez douter de votre tante, ou de moi.

– Naturellement, Bombatta. C'est seulement que... Oh ! je regrette. Je ne voulais pas t'ennuyer.

Le guerrier balafré marmonna à voix basse et elle le fixa.

– Quoi, Bombatta ?

Au lieu de répondre, il partit au galop en direction de Conan.

Elle nota alors qu'un cavalier approchait. Un petit homme très laid vêtu d'un justaucorps de cuir et d'une culotte à la propreté douteuse. Brusquement, elle comprit que Bombatta avait murmuré son nom : Malak.

Conan sourit en voyant apparaître son compagnon qui tirait un second cheval sellé au bout d'une longe.

– Oh, Malak !

– Oh, Conan ! répondit le petit voleur en arborant un large sourire. J'ai eu bien des difficultés à te retrouver, Cimmérien. Je ne suis pas un pisteur, mais un voleur des villes.

Bombatta arrêta sa monture entre eux en soulevant un nuage de poussière et de cailloux. Il ignora Conan, pour adresser un regard menaçant au petit homme qui cessa brusquement de sourire.

– La princesse Taramis t'a laissé la vie sauve, gronda Bombatta. Tu aurais dû aller te dissimuler dans une porcherie pendant qu'il en était encore temps.

– Je lui ai demandé de venir nous rejoindre, déclara Conan.

Bombatta fit tourner bride à sa monture. Ses balafres étaient devenues livides.

– *Tu* lui as demandé de venir ! Ce n'était pas à toi de décider qui participerait à ce voyage, voleur. La princesse Taramis...

– Taramis veut que j'escorte Jehnna, et je veux pour ma part que Malak m'accompagne.

– Je m'y oppose !

Conan prit une profonde inspiration afin de se calmer. Il ne voulait pas tuer cet imbécile.

– En ce cas, poursuivez sans moi votre quête, dit-il, avec plus d'indifférence qu'il n'en ressentait.

Bombatta inspira à son tour, mais ses dents crissèrent. Il ne parvenait pas à feindre le calme comme le Cimmérien.

– Il existe des raisons que tu ne peux connaître, voleur. Toi, moi et Dame Jehnna devons voyager seuls.

– Le nombre des membres de cette expédition n'est pas précisé, d'après Taramis, rétorqua Conan qui fut heureux de l'expression surprise de Bombatta.

– Elle t'a dit cela ?

– Taramis ne veut pas que nous puissions échouer. Elle ne m'a rien caché.

– Naturellement.

L'intonation de Bombatta fit douter Conan. Cependant, elle ne lui aurait rien dissimulé si cela pouvait réduire leurs chances de réussite.

– Alors ? demanda Conan. Malak vient-il avec nous, ou dois-je partir avec lui ?

La main de Bombatta serra la poignée de son sabre et ses jointures pâlirent.

– Emmène ce petit misérable avec toi. Mais prends garde à ne pas commettre d'erreurs. Si nous échouons par sa faute, je vous taillerai en pièces et vous donnerai en nourriture aux chiens. Et parle avec plus de respect de la princesse Taramis et de Dame Jehnna !

Il revint au galop auprès de la jeune fille qui les avait observés avec inquiétude.

– Je crains que cet homme ne m'aime guère, déclara Malak avant d'avoir un rire sans joie.

– Il n'est pas le premier, rétorqua Conan, et tu lui survivras. Une bien piteuse bête.

Il désigna l'autre cheval en notant l'expression déconcertée de Malak.

– C'est la seule monture qu'il m'ait été possible de voler pour Akiro.

– Est-il près d'ici ? Je n'aurai pas le temps d'aller le chercher bien loin.

– Il se trouve sur la route que vous suivez, un peu plus au sud.

– En ce cas, nous devons nous hâter. Le temps presse.

Malak resta à son côté comme il repartait. Le Cimmérien pivota sur sa selle afin de s'assurer que Bombatta et la jeune fille les suivaient. Ils gardaient leurs distances depuis le lever du jour, et Conan se demandait si Bombatta voulait simplement éviter la poussière que soulevait sa monture ou s'il refusait sa compagnie. Il penchait pour la seconde hypothèse, et cela le laissait indifférent. Il regrettait seulement d'être privé de la présence de Jehnna.

Malak ne cessait de lui adresser des regards et de marmonner. Finalement, il demanda :

– Conan, pourquoi a-t-il dit que je ne devrais pas vous accompagner ? Que signifient toutes ces histoires ?

– Je me demandais quand tu te déciderais à me poser cette question.

Conan lui apprit ce que Taramis lui avait révélé au sujet de la clé et du trésor, mais s'abstint de répéter certaines confidences faites entre ses bras.

Malak secoua la tête, hébété.

– Et je croyais que je n'avais à redouter que la résurrection de Valéria. Aïe ! Voilà ce qui se produit, lorsqu'on se laisse séduire par la sorcellerie. On commence à trouver ces choses banales, et c'est alors que cela nous tue. N'oublie jamais mes paroles.

Il marmonna rapidement une suite de mots, et Conan reconnut une prière adressée à Bel, le dieu shémite des voleurs.

– La situation n'est pas aussi catastrophique qu'elle pourrait l'être, rétorqua le Cimmérien.

– Pas catastrophique ! Une fille avec une carte dans la tête. C'est de la sorcellerie, crois-moi. Une clé enchantée gardée par un sorcier, et un trésor sans nul doute placé sous la protection d'autres mages. C'est plus qu'un homme sensé en peut accepter. Ecoute, je connais trois sœurs, à Arenjun. Des triplées dont les corps feraient pleurer un homme de désir. Je pourrais même t'en avoir deux. Oublions Shadizar, comme si nous n'y avions jamais mis les pieds et n'en n'avions jamais entendu parler. Taramis ne nous retrouvera jamais, à Arenjun, pas plus qu'Amphrates. Qu'en penses-tu ? Nous filons pour Arenjun, d'accord ?

– Et Valéria ? Dois-je également l'oublier ? Va à Arenjun, si tu le souhaites; je m'y suis déjà rendu et n'ai nulle raison d'y retourner.

– Tu ne renonceras pas, quoi que je fasse ?

Conan hocha la tête, et le petit homme ferma les yeux pour murmurer une autre prière. Il s'adressait à présent à Kyala, la déesse iranistienne de la chance.

– Entendu, dit-il finalement. Je t'accompagne, Cimmérien. Mais uniquement parce que tu m'as promis la moitié de ta part des gemmes d'Amphrates.

– Je n'en doute pas. Je ne t'accuserais jamais de faire quoi que ce soit par amitié.

– Evidemment. Enfin, tout ceci a malgré tout un bon côté.

– Lequel ?

– Ne sommes-nous pas les meilleurs voleurs de Shadizar, c'est-à-dire du monde ? Quand cet Amon-Rama se rendra compte que nous avons pénétré dans son domaine, nous en serons déjà repartis.

6

Ces montagnes avaient autrefois vomi de la roche fondue qui provenait des entrailles de la terre. Un millénaire plus tôt, lors de l'éruption finale, le sol avait évoqué une mer en furie sur un millier de lieues autour de son épicentre, provoquant l'effondrement des cités, des trônes et des dynasties. Sous un ciel obscurci par les cendres, la neige était tombée alors que le printemps aurait dû reverdir cette contrée, et la glace avait remplacé la chaleur de l'été. Les villageois des Karpash en avaient oublié la raison, mais ils savaient qu'il s'agissait d'une montagne dangereuse et qu'ils perdraient leur âme s'ils s'y aventuraient.

La moitié du mont avait disparu dans l'ultime explosion, qui avait creusé un long cratère oblong occupé par un lac d'une demi-lieue de large à son extrémité. Deux parois de ce puits étaient formées de murailles abruptes, cent fois plus hautes qu'un homme. Les deux autres descendaient en pente douce et au pied de l'une d'elles se dressait un palais qu'un seul être humain avait jamais vu.

Ce palais évoquait une gemme gigantesque aux facettes innombrables, avec des tours, des tourelles et des dômes de cristal adamantin. Nul joint n'était visible, et cette construction qui semblait avoir été taillée dans un unique diamant gros comme une colline miroitait sous le soleil.

Au cœur de ce palais-joyau se trouvait une vaste salle voûtée, aux murs de miroirs dissimulés par des tentures d'or. Au centre de cette pièce se dressait un socle translucide supportant une gemme d'un rouge soutenu qui brillait comme si le feu et le sang de la terre s'étaient compressés et solidifiés pour la former.

Amon-Rama, autrefois thaumaturge de l'Anneau Noir de Stygie, se rapprocha de la petite colonne. Sa robe écarlate à capuchon flottait librement sur son corps grand et mince. Son visage étroit et basané était celui d'un prédateur, son nez busqué évoquait le bec d'un rapace. Dix mille sorcelleries avaient éteint toute lueur de ses yeux noirs. Telles des serres, ses mains entourèrent le joyau, mais il prit garde de ne pas le toucher. Le Cœur d'Ahriman. Chaque fois que son regard se posait sur lui, il exultait.

C'était lorsque ses ex-compagnons avaient découvert qu'il détenait le Cœur, qu'ils l'avaient exclu du Cercle Noir. Bien que sorciers, ils redoutaient d'apprendre certaines choses. Ils n'osaient libérer une telle puissance. Il eut une moue de mépris. Il ne redoutait rien, ne reculait devant rien. La gemme lui avait permis de s'élever au-dessus de ces imbéciles. Ils l'auraient tué, s'ils en avaient trouvé le courage, mais tous étaient conscients de la puissance que lui conférait le Cœur et redoutaient le choc en retour en cas d'échec.

Il plaça ses doigts selon une configuration précise autour du Cœur et se mit à psalmodier dans une langue morte depuis un millénaire.

– A'bath taa'bak, udamaï mor'aas. A'bath taa'bak, endal cafa'ar. A'bath taa'bak. A'bath mor'aas, A'bath cafa'ar.

Les murs de cristal du palais vibraient et à chaque mot le Cœur d'Ahriman devenait plus pourpre et sanglant, en acquérant la limpidité de l'eau claire. En son centre apparurent des personnages qui progressaient sur des collines rocailleuses.

Amon-Rama ferma à demi les paupières pour les étudier. Une jeune fille et trois hommes, avec deux chevaux supplémentaires. Il modifia légèrement la disposition de ses doigts, et l'image de la femme emplit brusquement le joyau.

Il eut un rire cruel. C'était Elle, celle qu'il avait cherchée pendant tant d'années. Elle était accordée sur le Cœur d'Ahriman et le Cœur était accordé sur elle. La sorcière de Shadizar croyait pouvoir se servir d'elle. Cette Taramis ne manquait pas d'audace, pour vouloir utiliser le Cœur à son profit. Mais si elle savait employer la puissance, elle avait compté sans lui. La pierre possédait maints pouvoirs, d'innombrables utilisations différentes de celle qu'elle comptait lui donner. Dès que la jeune fille, l'Unique, serait entre ses mains, il aurait accès à tous ces pouvoirs. Et il saurait lesquels utiliser. Il laisserait la vie à cette stupide Taramis, esclave nue qui ramperait à ses pieds.

– Viens vers moi, jeune fille, murmura-t-il. Amenez-la-moi, mes braves guerriers. Conduisez vers moi celle qui est Unique.

Ses doigts formèrent un autre motif autour de la pierre et il récita de nouvelles incantations, des mots qui n'étaient pas destinés à être prononcés par une bouche humaine ou entendus par des hommes. Ils brûlaient dans l'atmosphère et les murs de cristal gémirent leur souffrance. Le Cœur d'Ahriman devint plus rouge et plus lumineux encore. La lumière sanglante se divisa et se fondit, puis se divisa de nouveau, projetant son ombre sur toutes les surfaces de la pièce. Une vingtaine d'hommes semblaient s'y trouver, cinquante, une centaine. Il psalmodiait toujours, et la lumière devenait de plus en plus vive.

Le temps pressait, et Conan en prenait de plus en plus conscience au fur et à mesure qu'il se rapprochait des Karpash. Il devait obliquer vers le sud, mais chaque heure consacrée à la recherche du sorcier réduirait le temps dont ils disposaient pour trouver la clé et le trésor, puis regagner Shadizar. Le besoin de trouver Akiro devenait graduellement moins impérieux, contrairement à celui d'atteindre les monts. Il devait conduire Jehnna dans ces montagnes.

– Ici, Conan.

Sans ralentir sa monture, le Cimmérien pivota vers le petit voleur.

– Akiro, lui rappela Malak en désignant le sud. Nous devons prendre cette direction. Enfin, nous allons... je pensais que... (Il eut un rire nerveux et secoua la tête.) Mais c'est peut-être superflu, après tout.

Conan s'arrêta et étudia les montagnes, puis le sud, avant de reporter le regard sur les Karpash. Akiro serait utile, mais la rapidité était la clé de leur réussite.

Bombatta et Jehnna vinrent s'immobiliser à côté des deux voleurs. Des mèches de cheveux noirs collaient au visage de la jeune fille, dont les yeux restaient rivés sur les hauteurs grises occupant l'horizon.

Le guerrier à la cuirasse noire fronça les sourcils.

– Pourquoi as-tu stoppé, barbare?

Conan serra les dents, sans répondre. Avec irritation, il tira d'un coup sec la longe de la mule de bât. Le temps, pensa-t-il. Le temps. Il savait que cette halte les retardait, car il ne recherchait ni le vieux magicien, ni la clé. Cependant, quelle était la meilleure décision?

– Qu'Erlick te maudisse, barbare! Il faut avancer. Nous avons presque atteint les montagnes. Nous devons trouver le Cœur... la clé...

Malak interrompit la tirade de Bombatta.

– Que faisons-nous au sujet d'Akiro, Cimmérien? Allons-nous le chercher, oui ou non? Par les Orteils d'Orgun, je ne sais plus quoi faire.

Le guerrier balafré laissa échapper un juron.

– Aurais-tu l'intention d'ajouter encore un membre à notre expédition, voleur? Taramis affirme que tu es indispensable, mais j'estime pour ma part que tu représentes un danger pour nous tous! Un membre de plus peut suffire à fausser la prophétie! Mais cela t'importe peu. Tu cherches à gagner du temps parce que tu redoutes ce qui nous attend. N'est-ce pas la vérité, maudit couard nordique?

Il avait sorti son sabre du fourreau sur une largeur de main. Conan le fixa avec colère et lui répondit sèchement :

– Dégaine ton arme, Zamoréen. Bats-toi et meurs. Je n'ai pas besoin de toi pour conduire Jehnna jusqu'à la clé.

Brusquement, la jeune fille fit avancer son cheval entre les deux hommes.

Ses grands yeux bruns luisaient de colère.

– Arrêtez, vous deux! Vous devez m'escorter jusqu'à la clé. Comment espérez-vous mener à bien votre mission, si vous ne cessez pas de vous défier comme deux chiens errants ?

Conan cilla d'incrédulité. Une souris aurait attaqué un chat, qu'il n'eût pas été aussi surpris.

Bombatta resta bouche bée, puis il se reprit et repoussa son arme dans son fourreau.

– Nous repartons pour les montagnes.

Conan se domina et, avec un calme apparent, il fit tourner bride à sa monture et prit la direction du sud.

– Vous ne pouvez pas ! protesta Jehnna qui serrait le poing de frustration. Conan ! Vous devez suivre le chemin que je vous indique. Vous le devez !

Le Cimmérien lâcha un soupir et la regarda par-dessus son épaule.

– Jehnna, vous ne jouez pas dans les jardins du palais de votre tante. Je fais ce que j'estime nécessaire, pas ce que d'autres personnes veulent que je fasse.

– Tout ceci évoque pourtant un jeu, déclara Jehnna, maussade. Nous sommes dans un labyrinthe géant, et vous seul refusez de jouer.

– La mort nous attend à chaque intersection de ce labyrinthe.

– Certainement pas ! s'exclama la jeune fille, visiblement étonnée. Ma tante m'a préparée à cela. C'est mon destin. Elle n'aurait pas voulu que je parte, si je devais courir le moindre risque.

– Naturellement, répondit lentement Conan. Jehnna, je vous conduirai jusqu'à la clé et au trésor, puis je vous ramènerai à Shadizar, et je fais serment de vous protéger de tout danger. Mais vous devez me suivre, car nous aurons peut-être besoin des pouvoirs de l'homme que je vais chercher.

Jehnna hocha la tête, après quelques hésitations.

– C'est entendu. Je vous suis.

Conan repartit vers le sud, suivi par Malak et Jehnna. Sombrement, Bombatta les imita en restant à distance.

Il n'y avait aucune ombre, dans la salle aux miroirs du palais de cristal. La clarté vermillon avait disparu et le Cœur d'Ahriman n'irradiait que sa luminescence sanglante habituelle.

Amon-Rama s'éloigna du socle cristallin d'une démarche légèrement titubante. Son visage semblait encore plus émacié et livide que de coutume. Lancer des sortilèges à distance exigeait beaucoup d'énergie, et il avait besoin de se restaurer et de prendre du repos avant d'effectuer une nouvelle tentative.

Mais, pour l'instant, il pensait moins à la nourriture et au sommeil qu'à son échec. Il lui avait été impossible de voir ce qui se passait dans la plaine, car le Cœur ne pouvait être simultanément utilisé comme moyen de vision et source de puissance. Il refusait d'admettre que la jeune fille en était peut-être responsable. Elle était l'Unique, il n'en doutait pas, mais elle ne possédait pas de tels pouvoirs. Son existence n'avait qu'une seule utilité, et la sorcellerie lui était interdite par la nature même de ce qui était exigé d'elle.

Il restait les hommes qui l'accompagnaient, mais ils n'étaient pas des magiciens, eux non plus. Il eût détecté les vibrations de leur pouvoir dès qu'il les avait vus dans le Cœur, si cela avait été le cas, et tout talisman capable de les protéger de l'énergie qu'il avait libérée contre eux eût été détecté aussi facilement. Il n'existait qu'une unique réponse, même si cela paraissait incroyable. L'un d'eux, un des deux guerriers, possédait une puissance surhumaine ou une volonté de fer.

Le sourire du nécromancien était cruel. Une volonté irrésistible. Outre les difficultés qu'il aurait à s'emparer de la jeune fille, un tel homme lui poserait des problèmes.

Mais il devait préalablement se restaurer et dormir. Avec lassitude, Amon-Rama quitta la salle aux miroirs. Sur son piédestal cristallin, le Cœur d'Ahriman irradiait un rougeoiement de mauvais augure.

7

Le soleil rouge qui effleurait la cime de la montagne grillait les quatre cavaliers en dépit de l'approche de la nuit. Bombatta n'avait cessé de maudire le Cimmérien depuis qu'ils avaient pris la direction du sud, mais il marmonnait à voix basse et Conan tentait de rester sourd à ses propos. Il ne voulait pas tuer l'autre homme devant Jehnna, en dépit de l'envie qu'il en avait.

– Derrière cette colline, Conan, annonça brusquement Malak. Que Selket me transperce, si le campement d'Akiro ne s'y trouve pas. A moins qu'on m'ait menti à Shadizar.

– Vous l'avez déjà dit à trois reprises, fit remarquer Jehnna avec irritation.

Le petit voleur haussa les épaules et sourit.

– Il m'arrive parfois de faire erreur, gente Dame, mais cette fois je suis sûr de mon fait.

Des pierres roulèrent sous les sabots de la monture de Conan, qui gravissait la pente. Le Cimmérien se demandait si Malak savait seulement dans quelle contrée se trouvait Akiro, lorsqu'il atteignit le sommet de l'éminence et s'exclama :

– Par les Bourses d'Hannuman !

– Surveille tes paroles devant Jehnna ! gronda Bombatta, avant de murmurer en arrivant à côté de Conan : Vessie et Boyaux d'Erlick le Noir !

En contrebas se trouvait effectivement le camp d'Akiro : une cabane d'argile et de pierre bâtie à flanc de colline. Cependant, le sorcier replet était lié par les mains et les pieds à un gros poteau planté dans le sol et, à ses pieds, des branches empilées venaient de s'enflammer. Devant le bûcher, trois hommes qui tournaient le dos à Conan et Bombatta adressaient des prières aux cieux. Ils gardaient les bras tendus et leurs longues robes blanches évoquaient de larges ailes. Plus d'une vingtaine d'autres personnes, dont les haillons crasseux contrastaient avec les vêtements immaculés du trio, assistaient à la scène en hurlant et en agitant leurs épieux pour manifester leur approbation.

– Je n'aime pas Akiro au point de sacrifier ma vie pour cet homme, déclara faiblement Malak.

– Nous avons besoin de lui, répliqua Conan.

Il regarda Bombatta, et le Zamoréen lut une question dans son regard.

– Non, barbare. S'il s'agit de celui que tu es venu chercher, cette affaire ne concerne que toi.

– Pourquoi discutez-vous, au lieu d'aller secourir ce pauvre malheureux? demanda Jehnna avec colère. Bombatta?

– J'ai le devoir de vous protéger, mon enfant. Devrais-je vous conduire au sein de ces sauvages ou vous laisser seule ici alors qu'il y en a peut-être d'autres alentour?

– Il est encore temps de filer à Arenjun, suggéra Malak.

– Va libérer Akiro, Malak, ordonna Conan en dégainant son épée. Il ne pourra endurer ces flammes très longtemps.

Il piqua des deux et descendit la colline au galop.

– Donar, aide-moi! murmura Malak en suivant Conan. Quand je pense que ces hommes sont parvenus à réduire un sorcier à l'impuissance!

Marmonnant rapidement des prières à une dizaine de dieux différents, le petit voleur lâcha la longe du cheval destiné à Akiro et suivit Conan.

Le martellement des sabots de la monture du Cimmérien était couvert par les cris et les chants des hommes. Le cheval bondit au sein des spectateurs, les repoussant sur les côtés comme l'étrave d'un navire qui fend une vague. D'autres s'avancèrent vers lui, prêts à utiliser leurs épieux, mais il les ignora. Le trio vêtu de blanc n'avait pas interrompu ses incantations, ni détourné les yeux d'Akiro. Ils pratiquaient certainement la sorcellerie et le Cimmérien comprenait qu'il fallait interrompre le rituel pour sauver Akiro.

L'homme du centre tomba sous les sabots du cheval de Conan avec un cri de surprise. Le Cimmérien n'avait eu aucun scrupule à l'attaquer par-derrière. La vie d'Akiro était en jeu. Ces hommes voulaient tuer son ami, et il les en empêcherait en utilisant tous les moyens à sa disposition.

Le personnage se trouvant sur sa droite sortit une dague de sa large manche. Alors même qu'il levait son épée, le Cimmérien ne put s'empêcher de fixer avec horreur sa bouche aux dents limées en pointe et son collier constitué de mains humaines rabougries. De petites mains, des mains d'enfants.

Conan poussa un rugissement de colère alors que l'acier s'abattait sur cette bouche béante aux dents acérées. Avec un cri gargouillant, l'homme porta ses mains à son visage et du sang jaillit entre ses doigts pour maculer sa robe blanche.

Puis le Cimmérien oublia ces sorciers (s'il s'agissait de sorciers), dont le dernier semblait avoir disparu. La surprise avait tout d'abord paralysé leurs sectateurs, mais à présent ils chargeaient l'intrus.

Conan trancha la gorge d'un homme d'un coup d'épée et saisit son épieu dont il se servit pour en dévier un second. Il modifia sa prise sur la hampe et planta le fer dans le visage d'un assaillant.

Trois hommes venaient de perdre la vie et les autres reculèrent. Leur nombre leur eût permis de venir à bout du Cimmérien, mais la mort de plusieurs d'entre eux était certaine. Ils en avaient la preuve, et nul ne voulait se retrouver en première ligne. Ils hésitèrent puis s'avancèrent de quelques pas. Leurs yeux étaient rendus brillants par un mélange de peur et de honte.

Sans détacher le regard des hommes qui se rapprochaient, Conan mit pied à terre. S'il restait en selle, les épieux leur donneraient un avantage sur lui. Il était préférable de prendre l'initiative. Il observa la ligne irrégulière que formaient ses adversaires, trouva le point le plus faible et se lança à l'attaque.

Brusquement, une boule de feu frôla son épaule et poursuivit sa course en direction d'un homme en haillons dont le visage explosa en lambeaux de chair calcinée.

Conan sursauta malgré lui et regarda par-dessus son épaule. Malak faisait des bonds de joie à côté du bûcher, riant comme un simple d'esprit. Devant le petit voleur se tenait Akiro, dont la tunique brune et les guêtres se consumaient toujours par endroits. Les lèvres du vieux sorcier se mouvaient, mais Conan ne pouvait entendre aucun son. Ses mains parcheminées tracèrent des signes compliqués dans les airs puis claquèrent à la hauteur de sa poitrine. Et lorsque Akiro les écarta, une autre sphère de feu jaillit d'entre ses paumes. Il reprit immédiatement ses gestes magiques, mais deux cadavres à la tête remplacée par des restes calcinés étaient plus que suffisants pour les hommes en haillons, qui jetèrent leurs armes et s'enfuirent en hurlant de terreur. Leurs cris décrurent rapidement vers le sud.

– Bâtards métissés de chameaux maladifs ! grommela Akiro.

Il regarda ses mains et souffla sur ses paumes. Ses cheveux gris et ses longues moustaches se dressaient en mèches désordonnées. Il les lissa avec colère.

– Je leur donnerai une telle leçon que les petits-enfants de leurs petits-enfants trembleront en entendant prononcer mon nom. Leur sang se figera et leurs os trembleront comme de la gelée.

– Akiro, appela Conan.

Malak s'était accroupi pour écouter, l'expression intéressée.

– Ils seront affligés de furoncles jusqu'à la dixième génération. Je ferai dépérir leurs troupeaux, disparaître leur virilité et tomber toutes leurs dents !

– Akiro !

Le mage à la robe safran agita le poing dans la direction des hommes qui fuyaient.

– Ils prétendaient que j'avais outragé leurs dieux. Leurs dieux! (Il grimaça et cracha sur le sol.) Des shamans stupides qui ne savent pas reconnaître un feu élémental lorsqu'ils en voient un. Je leur ai dit que s'ils sacrifiaient encore un seul enfant, j'attirerais la foudre sur leurs têtes et, par les Neuf Chemins de la Puissance, je tiendrai parole.

– Tu en seras peut-être incapable, rétorqua Malak. Ils sont parvenus à te ligoter et à te faire rôtir à moitié! Tu aurais peut-être intérêt à les laisser tranquilles.

Le visage d'Akiro perdit toute expression.

– N'aie crainte, Malak. Je ne ferai pas dessécher tes bourses. (Le voleur tomba à la renverse et fixa le sorcier avec des yeux exorbités.) Serait-ce du respect que je lis sur tes traits? Alors, je vais expliquer ce qui s'est produit. Ces trois shamans qui se prétendent des prêtres sont parvenus à me jeter un sort alors que je dormais. Un sortilège mineur, mais qui a permis à leurs sectateurs de m'assaillir et de me ligoter. (Le ton de sa voix se durcissait à chaque mot, et sa voix montait dans les aigus.) Ils ont lié mes mains, afin que je ne puisse faire aucun geste, et ont bourré ma bouche de chiffons pour que je ne puisse prononcer aucune formule magique. Puis ils ont voulu me sacrifier à leurs dieux. Leurs dieux! Je vais leur en montrer, des dieux! Je deviendrai un démon de leur panthéon et je... Cette jeune fille...

Conan cilla. Il avait décidé de permettre à Akiro d'extérioriser sa colère, mais le brusque changement de ton et de sujet le surprit. Il prit conscience que Bombatta descendait la colline avec Jehnna. Le crépuscule ne permettait de voir que leurs silhouettes et, en dépit de son regard perçant de montagnard, Conan n'aurait pu dire qu'il s'agissait d'une femme s'il ne l'avait déjà vue.

– Elle est innocente, dit Akiro.

Malak eut un rire aigu.

– Tu veux dire que tu peux savoir à distance si elle n'a jamais...

– Tais-toi, Malak! ordonna le vieil homme. Je ne parle pas de la chair mais de l'esprit, et c'est épouvantable.

– Epouvantable! s'exclama Conan. Je ne trouve pas cet état particulièrement attrayant, mais de là à le qualifier d'épouvantable...

Akiro hocha la tête.

– Les innocents doivent être protégés comme des enfants tant qu'ils n'ont pas acquis une certaine connaissance du monde, sous peine de devenir ses proies. Il est rare que l'innocence soit naturelle. Dans la plupart des cas, elle a été provoquée dans un but précis.

Loin de la cabane et des cadavres, Bombatta aidait Jehnna à descendre de selle. Le guerrier à la cuirasse noire prenait soin de se tenir entre la jeune fille et la scène de carnage, afin qu'elle ne pût la voir.

– Valéria, murmura Akiro.

Le Cimmérien sursauta.

– C'est en partie la raison de ma venue, Akiro.

– Un instant.

Le sorcier se précipita à l'intérieur de sa cabane. Des jurons et des bruits leur parvinrent. Lorsqu'il ressortit, il tendit à Conan une petite fiole polie scellée à la cire d'abeille.

– Pour Valéria, dit-il.

– J'avoue ne pas comprendre.

Akiro fit une moue et tirailla ses moustaches.

– J'ai longuement étudié la question, Cimmérien. J'ai lancé les Osselets du destin, lu dans les étoiles, utilisé les cartes K'far, afin de trouver un remède à ce qui te tourmente.

– Je ne suis plus tourmenté, Akiro. Tout au moins...

– Ne me mens pas. Comment pourrai-je t'aider, si

tu me caches la vérité? L'existence de Valéria et la tienne étaient trop fortement liées. Elle a perdu la vie à ta place et ce qui vous unissait était si fort que même la mort n'a pu l'empêcher de revenir te sauver. Cimmérien, un lien plus fort que la mort est dangereux. Valéria le trancherait, si elle savait, mais cette connaissance est dissimulée à ceux qui se trouvent dans le royaume des ténèbres.

– Akiro, je ne veux pas que ce lien soit tranché. Ce n'est d'ailleurs plus nécessaire.

– Ecoute-moi, nordique têtu. Ton épée ne peut t'aider à te frayer un chemin vers la délivrance. Je sais quel sera ton destin, si tu refuses mes conseils. Les cartes, les osselets, les étoiles, tout concorde. Avec le temps, ce lien fera de toi un mort-vivant. Tu te retrouveras pris au piège entre notre monde et celui des morts, mais tu seras dans l'incapacité de rejoindre l'un ou l'autre, pour l'éternité. Seul l'oubli peut te sauver. J'ai eu bien des difficultés à élaborer la potion que contient cette fiole, mais elle effacera de ton esprit tout souvenir de Valéria. Rien de ce qui est lié à elle ne subsistera. Crois-moi, Cimmérien, si elle savait quel choix tu dois faire, Valéria te dirait de boire cette potion. Elle n'était pas femme à reculer devant des décisions difficiles à prendre.

– Et si Valéria pouvait revenir à nouveau parmi nous? demanda calmement Conan. Pas pour quelques instants, comme la fois précédente, mais pour vivre le reste de l'existence qu'elle aurait dû avoir. Alors, Akiro?

Le mage replet resta longuement silencieux, puis porta le regard sur Jehnna et s'humecta les lèvres.

– Nous devrions nous débarrasser de ces cadavres, puis nous restaurer, déclara-t-il finalement. Je préfère avoir le ventre plein pour entendre ce que tu as à me dire.

8

Le vieux sorcier n'avait pas repris sa fiole et Conan la glissa dans la bourse attachée à sa ceinture. Finalement, il alla tirer les cadavres au loin, aidé par Malak. Akiro avait marmonné des plaintes imprécises au sujet de son dos et de ses vieux os. Bombatta refusait toujours de s'éloigner de Jehnna, ou de la laisser approcher suffisamment pour qu'elle pût voir les corps que le Cimmérien et son frêle ami emportaient de l'autre côté de la colline.

Akiro avait déclaré qu'il désirait se nourrir avant d'écouter les révélations de Conan; les lapins que le sorcier avait abattus ce matin-là par des moyens aussi prosaïques qu'une fronde et des pierres furent embrochés et rôtis, et un panier à demi-plein de petites oranges corinthiennes fut sorti de la cabane. Lorsque les derniers os eurent été rongés et les peaux d'oranges jetées dans le feu qui créait une mare dorée devant la cabane, Bombatta sortit une pierre à aiguiser de sa bourse et se pencha pour affûter la lame de son sabre. Malak jonglait avec trois oranges, au grand amusement de Jehnna, bien qu'il en laissât tomber une à chaque instant.

– Ça fait partie du numéro, déclara le petit voleur en ramassant un fruit pour la quatrième fois. Par comparaison, ce que je ferai ensuite paraîtra encore plus adroit.

Akiro toucha le bras de Conan. De la tête, il lui fit signe de gagner avec lui le couvert de l'obscurité. Les deux hommes s'éloignèrent du feu et leurs compagnons ne semblèrent rien remarquer.

Lorsqu'ils furent suffisamment loin pour ne pas être entendus, Akiro lui demanda :

– Explique-moi comment Valéria pourrait être ramenée à la vie.

Conan étudia pensivement le magicien, bien que ses traits fussent dissimulés par des ombres. Il ne pouvait prévoir les réactions des sorciers, et même Akiro restait pour lui un mystère. Mais y avait-il une seule personne à qui il pouvait faire entièrement confiance ?

– Taramis, la princesse royale, m'a promis de me rendre Valéria, dit-il finalement. Pas sous la forme d'un spectre ou d'un cadavre réanimé, mais vivante comme autrefois.

Pendant un long moment, le sorcier resta silencieux et tirailla la longue moustache qui encadrait sa bouche.

– Je n'aurais jamais cru que quelqu'un possédât encore ce pouvoir, à notre époque, dit-il finalement. Et certainement pas une princesse de la maison royale de Zamora.

– Crois-tu qu'elle m'a menti ?

Conan soupira, mais Akiro secoua la tête.

– Pas forcément. J'ai lu que Malthaneus d'Ophir accomplissait de tels prodiges voici un millier d'années, de même sans doute qu'Ahmad Al-Rashid, à Samara, un autre millénaire plus tôt. Les temps sont peut-être venus pour que le monde assiste à nouveau à de telles merveilles.

– Alors, tu crois que Taramis pourrait réaliser ce qu'elle m'a promis ?

– Naturellement. Malthaneus fut le plus grand mage blanc après que le Cercle du Chemin de la Main Droite eut été brisé et qu'Acheron et Ahmad Al-Rashid eurent été trois fois bénis par Mitra en personne.

– Tu sautes d'un sujet à l'autre comme un singe va de branche en branche, grommela Conan.

– Je peux te dire que cela a été accompli par le passé et que Taramis est *peut-être* capable de le réaliser. Mais pourquoi te ferait-elle une telle faveur ?

Avec le plus de concision possible, le Cimmérien lui parla de la quête entreprise par Jehnna, de la clé, du trésor, et du peu de temps dont ils disposaient encore.

– Un Stygien, murmura Akiro lorsqu'il eut terminé.

L'on prétend qu'il n'existe aucun être digne de confiance, mais je n'ai jamais rencontré un seul Stygien auquel j'accepterais de tourner le dos un seul instant.

– Ce sorcier doit être puissant. Sans doute trop puissant pour toi.

Akiro eut un petit rire.

– Ça ne prend pas, jeunot. Je suis trop âgé pour me laisser avoir. Je dois m'occuper de ces maudits sorciers à la manque.

– Je ne trouverais pas ta compagnie déplacée, Akiro.

– Je suis trop vieux pour me rendre dans les montagnes, Cimmérien. Viens, retournons auprès du feu. Les nuits sont fraîches, ici, et les flammes agréables.

Tout en se frottant les mains, le magicien aux cheveux gris n'attendit pas que Conan le suive.

– Faute de mieux, les peurs de Bombatta seront dissipées. Il craignait que la présence de Malak ou la tienne ne vienne fausser les prophéties de Skelos.

Akiro se figea, puis pivota lentement vers le jeune colosse.

– Skelos ?

– Oui, les Manuscrits de Skelos. Selon Taramis, ils précisent quel est le but de cette quête et ce qu'il convient de faire pour qu'elle soit fructueuse. Aurais-tu entendu parler de ce Skelos ?

– Il s'agit d'un thaumaturge mort voici des siècles. Il a écrit de nombreux traités de magie, de nos jours aussi rares qu'une vierge à Shadizar. (Il fixa intensément Conan dans la pénombre.) Taramis aurait les Manuscrits de Skelos en sa possession ?

– Elle a cité ses écrits comme si c'était le cas. Mais où vas-tu ?

Akiro disparaissait en direction de sa cabane, et sa rapidité démentait sa soi-disant faiblesse.

– N'as-tu pas dit que le temps pressait ? rétorqua-t-il par-dessus son épaule. Nous devons partir pour les montagnes avant le lever de l'aube, et j'ai besoin de repos.

Conan le suivit en souriant. Il pensait que le meilleur des appâts était parfois celui qu'on ignorait avoir lancé.

Lorsque le Cimmérien arriva près du feu, Jehnna était assise et fixait les flammes avec des yeux rêveurs. Bombatta faisait toujours courir sa pierre à aiguiser sur la lame et adressait des regards irrités à Malak qui s'était allongé sur une couverture et émettait des ronflements sonores. Le guerrier n'était pas le seul à être incommodé par ces sons. Des marmonnements puis quelques paroles leur parvinrent de l'intérieur de la cabane.

– ... Besoin de dormir... vieux os... comme un bœuf à la panse malade.

Akiro apparut sur le seuil, l'expression irritée, et il fixa Malak avant de murmurer quelques paroles inaudibles. Les ronflements du voleur s'interrompirent brusquement. Avec un hoquet, il se redressa d'un bond, pour regarder craintivement autour de lui. Akiro avait disparu à l'intérieur de la cabane. En hésitant, une main collée à sa gorge, Malak se rallongea. Sa respiration devint rapidement plus profonde, mais elle était presque couverte par les crépitements du feu. Quelques instants plus tard, de nouveaux ronflements leur parvinrent de la cabane.

Jehnna eut un petit rire.

– Va-t-il nous accompagner ?

– Oui, répondit Conan qui s'assit en tailleur à côté d'elle. Nous partirons avant l'aube.

– Dans la direction que j'indiquerai ?

– Dans la direction que vous indiquerez.

Il pouvait sentir son regard sur lui, et cela le rendait maladroit. Il avait une grande expérience des femmes et savait comment se comporter avec les servantes impudentes et les jeunes épouses de négociants âgés, les catins effrontées et les filles de bonne famille aux yeux de braise. Mais Jehnna était une vierge et bien plus que cela. Akiro avait dit : une innocente, et Conan trouvait que ce terme lui convenait parfaitement. Cependant, un détail n'était pas conforme à cette définition.

– Lorsque Bombatta et moi étions sur le point de nous battre, vous avez changé, lui dit-il finalement. Vous m'avez fait penser à Taramis.

– Pendant un bref instant, j'ai *été* Taramis. (Elle rit en notant que les yeux du Cimmérien s'écarquillaient.) Oh ! pas vraiment. Je ne voulais pas que vous vous battiez, alors je me suis imaginé que j'étais ma tante et que deux serviteurs se querellaient.

– Je ne suis pas un serviteur, rétorqua sèchement Conan.

– Pourquoi vous sentez-vous offensé ? Vous servez ma tante et ma personne. Bombatta ne se sent pas humilié d'être le serviteur de ma tante.

Les bruissements de la pierre à aiguiser sur l'acier s'interrompirent, mais ni Jehnna ni Conan ne le notèrent.

– Il peut ramper à ses pieds s'il le désire, rétorqua Conan. Je loue mon épée et ma force pour un jour ou une semaine, mais je ne suis le serviteur d'aucun homme, aucune femme, ni aucun dieu.

– Je suis malgré tout contente que vous soyez à mes côtés. Jusqu'à présent, je n'avais adressé la parole qu'à ma tante, Bombatta ou mes habilleuses. Vous êtes très différent, et intéressant. Tout est tellement différent et intéressant. Le ciel, les étoiles et cette plaine qui s'étend à perte de vue.

Il plongea le regard dans les grands yeux bruns de la jeune fille et eut l'impression d'être plus âgé qu'elle de plusieurs siècles. Elle était la plus belle jeune fille qu'il avait jamais vue, et totalement innocente, ignorante des sentiments qu'elle pouvait faire naître chez un homme.

– C'est une contrée dangereuse. Et les montagnes le

sont encore plus, même sans la présence de ce sorcier stygien. Ce n'est pas un lieu pour vous.

– Telle est ma destinée.

– Pourquoi ? A cause de ce qui est écrit dans les Manuscrits de Skelos ?

– Parce que je portais la marque à ma naissance. Regardez.

Jehnna baissa le haut de sa robe, révélant ses seins bistrés presque jusqu'aux mamelons. De douces rondeurs faites pour être tenues dans les paumes d'un homme, pensa le Cimmérien, la gorge serrée.

– Vous voyez ? demanda Jehnna. Ici. Cette marque que je portais à la naissance indiquait quel serait mon destin. Elle est décrite dans les Manuscrits, mais ce sont les dieux qui m'ont choisie.

Il voyait une tache dans la vallée séparant ses seins. Une étoile rouge à cinq branches, pas plus large qu'un pouce et aux contours aussi nets que si elle avait été dessinée par un artiste.

Brusquement, une lame incurvée s'abattit entre eux.

– Ne la touche pas, voleur, gronda Bombatta. Jamais !

Conan alla pour répondre avec colère, avant de prendre conscience que ses doigts étaient tendus vers la lame qui luisait sous la clarté des flammes, comme si c'était le sabre qu'il avait eu l'intention de caresser. Furieux contre lui-même, le Cimmérien se redressa et adressa à Bombatta un regard menaçant.

Jehnna fixa un homme, puis l'autre, et son expression changea comme si elle venait d'avoir une pensée troublante.

– Il est tard, déclara Conan. Nous devrions dormir, car il faudra partir très tôt.

Bombatta tendit la main pour aider Jehnna à se lever, laissant toujours la lame nue entre eux comme s'il s'agissait d'un bouclier. Les yeux de Conan ne quittèrent pas ceux du guerrier pendant que le Zamoréen reculait avec la jeune fille. Elle adressa un regard troublé au jeune Cimmérien, mais se laissa border dans ses couvertures sans dire un mot. Comme la nuit précédente, Bombatta s'installa près d'elle afin de la protéger.

Marmonnant à mi-voix, Conan se coucha à son tour. C'était stupide, se dit-il. Les femmes ne manquaient pas, pour qu'il se laissât séduire par une fille qui ignorait probablement ce qu'elle faisait. C'était une enfant, peu importait son âge. Il s'endormit, et rêva du corps de Taramis et de la nuit de plaisirs qu'ils avaient partagée. Cependant, lorsqu'il regarda plus attentivement la femme, il découvrit qu'il ne s'agissait pas de Taramis mais de sa nièce.

C'était la nuit, à Shadizar, et les salles tendues de tapisseries du palais étaient désertes, lorsque Taramis quitta sa chambre à coucher. Seuls les bruissements de sa longue robe de soie qui caressait les dalles de marbre poli des corridors troublaient le silence. Les astrologues et les prêtres de l'ancien culte qu'elle faisait revivre se rendaient souvent dans la vaste salle où elle pénétra, mais elle effectuait seule ces visites nocturnes de plus en plus fréquentes.

Des lampes d'or diffusaient une faible clarté. Le sol de marbre noir était poli comme un miroir et des colonnes d'albâtre soutenaient un haut plafond voûté recouvert d'onyx et incrusté de saphirs et de diamants figurant un ciel étoilé. Le ciel, tel qu'il se présentait une fois par millénaire.

A l'aplomb du centre de ce ciel factice se trouvait une banquette de marbre rouge sculpté, poli avec des cheveux de vierges, sur laquelle était allongée la statue d'albâtre d'un homme nu aux yeux clos, plus beau qu'aurait pu l'être n'importe quel mortel. Cependant, un détail détruisait cette perfection. Une dépression noire et profonde comme une phalange creusait son front, un disque aussi large qu'une main d'homme. Il émanait de ce personnage une sensation d'attente éternelle.

Taramis approcha lentement de la banquette de marbre, puis s'immobilisa. Son regard parcourut le corps d'albâtre et le rythme de sa respiration s'accéléra. Elle avait couché avec un grand nombre d'hommes, depuis ses seize ans, des hommes qu'elle connaissait aussi bien que les salles de son palais. Mais que ressentait-on en devenant la maîtresse d'un... dieu ?

Elle fit glisser sa robe de ses épaules et s'agenouilla, nue, au pied de la statue. Aucun texte des Manuscrits de Skelos n'exigeait cela de Taramis, mais elle voulait obtenir bien plus qu'ils ne promettaient.

Le visage collé aux pieds d'albâtre, elle murmura :

– Je t'appartiens, ô grand Dagoth.

Le besoin d'aller plus loin que jamais s'empara de Taramis, et elle déposa des baisers sur les pieds, puis sur les jambes, caressant le marbre avec les rondeurs de son corps jusqu'au moment où elle se coucha sur la grande statue comme sur un homme. Elle leva ses doigts tremblants pour caresser doucement le visage.

– Je t'appartiens, ô grand Dagoth, murmura-t-elle à nouveau. Et je resterai tienne à jamais. Lorsque tu t'éveilleras, je t'érigerai des temples et raserai ceux des autres dieux, mais je ne serai pas seulement ta grande prêtresse. Ta chair divine pénétrera la mienne, et ensuite je resterai chaste et me réserverai pour toi seul. Je serai assise à ta droite et par ta grâce je recevrai le pouvoir absolu de vie et de mort. Nous te ferons à nouveau des sacrifices et les nations s'inclineront devant toi. De tout ceci, j'en fais serment, ô grand Dagoth, et je scelle ce pacte avec ma chair et mon âme.

Brusquement, sa respiration se bloqua dans sa gorge. La statue sur laquelle Taramis était couchée possédait toujours la dureté de la pierre, mais elle avait brusquement acquis la tiédeur de la vie. Sans oser y croire, craignant que la chaleur de son propre corps n'en fût responsable, elle passa ses mains sur les larges épaules d'albâtre, puis sur la poitrine. Elle découvrait partout la même tiédeur.

Cela disparut presque aussitôt, et ses derniers doutes furent dissipés par la rapidité du phénomène. Son dieu lui avait fourni un signe. Son offrande était acceptée, elle serait récompensée. En souriant, elle s'abandonna au sommeil, toujours couchée sur la statue du Dieu Endormi.

9

Conan ferma les yeux à demi pour étudier la montagne. Les ombres s'allongeaient devant lui, et dans son dos le soleil ne s'était pas élevé de deux largeurs de main au-dessus de l'horizon. Les ombres étaient innombrables, sur la paroi de roche nue, mais il ne découvrait aucune trace d'un col.

– Jehnna ? cria-t-il par-dessus son épaule.

Il n'eut rien à ajouter. Tous étaient devenus silencieux en découvrant cette muraille infranchissable, et même la jeune fille avait une expression ennuyée.

– Nous devons suivre la même route, insista-t-elle. Je sais que c'est le bon chemin. Tout droit, à présent. Je le sais.

Conan fit trotter son cheval. Il était impatient de découvrir ce qui les attendait.

Il s'éloigna d'une lieue au nord et au sud de l'endroit vers lequel ils se dirigeaient. Au point le plus bas, la falaise avait plus de cinquante pas de hauteur et s'achevait par un surplomb. Au point le plus haut, elle était dix fois plus élevée. Quelques rares cheminées et crevasses verticales brisaient la monotonie de la paroi, mais rien n'évoquait le moindre passage.

Il savait qu'il pourrait escalader cette muraille. Il avait gravi des falaises plus abruptes et vertigineuses, dans les montagnes battues par les vents de sa Cimmérie natale. Malak parviendrait probablement à le suivre, de même que Bombatta, mais Akiro ne possédait pas la forme physique nécessaire et Jehnna ne pourrait franchir ces falaises à moins d'avoir des ailes. Des ailes. Il réfléchit. Si des ailes véritables étaient hors de question, Akiro trouverait peut-être une solution. Le vieil homme pourrait utiliser ses pouvoirs pour transporter la jeune fille et lui-même au sommet de la falaise, pendant que les autres membres du groupe emploieraient une méthode plus classique.

Brusquement, il comprit la nature de ce qui se trouvait devant lui. Tout droit, avait-elle dit, et il voyait au point indiqué une étroite crevasse qui pénétrait profondément dans la falaise. Il était certain qu'il s'agissait du passage qu'ils allaient emprunter et en fut atterré.

Conan se tourna vers ses compagnons. Leurs expressions indiquaient qu'ils avaient vu la crevasse. Même Bombatta grimaçait et Malak marmonnait des prières. Seule Jehnna semblait sûre d'elle, mais le Cimmérien ne put s'empêcher de demander :

– Ici ? (Elle hocha catégoriquement la tête.) Je passe le premier. Malak me suivra, puis Akiro avec le cheval de bât, et ensuite Jehnna. Bombatta fermera la marche. Et surveillez les hauteurs.

Mais il s'inquiétait de ce qui se passerait si des ennemis faisaient rouler sur eux des rochers.

– Par les Dents Brûlantes de Shakuru ! s'exclama Malak. Dire que nous pourrions nous trouver à Arenjun !

Sans faire de commentaire, Conan s'engagea dans l'étroit défilé et les autres le suivirent. Le ciel devint une étroite bande bleutée juste au-dessus de leurs têtes, et la clarté faiblit progressivement. L'espace séparant les deux murailles était juste assez large pour autoriser le passage d'un cheval et de son cavalier. Fréquemment, la roche grise défilait à moins d'un doigt de leurs genoux.

Ils faisaient maints détours et revenaient parfois en arrière, mais l'instinct de Conan lui apprenait qu'ils se dirigeaient vers l'ouest. A présent, le soleil brillait juste au-dessus de leurs têtes et créait des ombres innombrables dans l'anfractuosité.

Brusquement, le Cimmérien arrêta son cheval et son nez se plissa.

– Qu'y a-t-il ? cria Bombatta d'une voix rauque.

– N'aurais-tu aucun odorat ? s'enquit Conan.

– De la fumée, déclara Akiro.

– Oui. Et elle n'a pas pour origine un simple feu de camp.

– Qu'allons-nous faire, l'ami ? voulut savoir Malak.

Conan eut un petit rire.

– Que pourrions-nous faire ? Nous continuons, afin d'apprendre ce qui brûle.

Après avoir franchi trois autres courbes du passage, ils sortirent de la crevasse pour découvrir un village important adossé au versant abrupt d'une vallée. Des cabanes rudimentaires bordaient des voies poussiéreuses qu'il eût été impossible d'appeler des rues. Du côté opposé de ce village, Conan nota une dizaine de colonnes de fumée. Quelques enfants nus criaient et jouaient avec des chiens squelettiques, pendant que leurs aînés en haillons fixaient les étrangers avec méfiance.

– Abaissez le capuchon de votre manteau sur votre visage, Jehnna, ordonna le Cimmérien à voix basse.

– Il fait chaud, protesta-t-elle.

Mais Bombatta tira le capuchon du manteau de Jehnna, qui dissimula ses traits.

Conan hocha la tête. Leur statut d'étrangers leur attirerait peut-être des ennuis pendant la traversée de ce village, et il était inutile d'augmenter les dangers en révélant qu'une jolie jeune fille se trouvait parmi eux.

– Vous ne devez vous arrêter sous aucun prétexte avant que nous ayons quitté cet endroit, dit-il à ses compagnons.

Il fit reposer sa main sur le pommeau de son épée,

puis repartit. Ils avançaient selon le même ordre qu'à l'intérieur de la crevasse.

Akiro s'adressa au petit voleur.

– Malak, si quelque chose te tente, abstiens-toi de te servir.

Malak éloigna brusquement sa main d'un panier de figues.

– Hein ? Par les Tétons de Fidesa, vieillard, je ne suis pas un imbécile.

Ils étaient suivis par des yeux suspicieux et avides qui caressaient leurs montures et leurs armes, des yeux inquisiteurs qui tentaient de voir ce que dissimulait le manteau de Jehnna. Les habitants semblaient cependant peu nombreux pour un village aussi important et, lorsque les voyageurs atteignirent le point d'origine des colonnes de fumée, dix tas de cendres qui avaient autrefois été des habitations, Conan en comprit la raison. Les villageois s'étaient réunis pour assister à un spectacle brutal.

Six soldats en cuirasse de cuir bouilli et casque à cimier rouge s'appuyaient à leurs lances et riaient, formant un cercle autour d'une femme qui tenait un bâton plus grand qu'elle. Sa peau, aussi noire que l'ébène, indiquait qu'elle venait du sud. Seules deux bandes de tissu, l'une serrée sur ses seins et l'autre autour de ses hanches, dissimulaient partiellement son corps musclé, et une grosse corde nouée autour d'une cheville la maintenait à un pas d'un pieu planté dans le sol.

– Ces soldats ne sont pas zamoréens, fit remarquer Jehnna. Sommes-nous toujours à Zamora, ou non ?

Conan estimait le moment mal choisi pour lui faire un exposé sur les problèmes frontaliers. Ces militaires portaient l'uniforme d'un des états-cités corinthiens. Ces montagnes, situées à la limite de Zamora et de Corinthe, étaient revendiquées par tous et les villages payaient de lourdes taxes à quiconque envoyait ses soldats, niant toute souveraineté lorsqu'il n'y avait aucun militaire.

Sans détacher le regard du cercle de soldats, la femme noire s'inclina pour tâter le nœud qui serrait sa cheville. Lorsque ses doigts touchèrent le lien, un des Corinthiens s'avança d'un bond pour la piquer avec sa lance. La captive sauta en arrière dans les limites qu'imposait la corde, et le bâton tournoya dans ses mains comme s'il était vivant. Le soldat s'arrêta en riant et l'homme qui se trouvait derrière elle l'attaqua à son tour. Elle esquiva à nouveau le fer de lance, puis dut en éviter un autre.

– Qu'a fait cette femme, pour mériter cela? demanda Jehnna.

Conan se raidit et jura, avant de serrer la poignée de son épée plus fermement.

Un homme au visage crasseux releva le regard vers Jehnna, sourcils froncés. Il tordit le cou, dans l'espoir de discerner son visage sous le capuchon.

– Elle appartient à un groupe de bandits, dit-il. Nous en avons capturé un autre, que nous avons fait mourir à petit feu, mais les soldats sont arrivés avant que nous mettions la main sur cette femme.

– Ils la tueront à notre place, précisa un autre spectateur qui tentait à son tour de voir les traits de Jehnna : un homme sur le front duquel était visible une ecchymose bleuâtre. Mais ils n'auraient pas dû lui rendre son bâton. Elle s'en est déjà servie pour tuer, et a failli s'échapper.

Il porta son regard de Jehnna à ses compagnons, et fit une moue.

– Bombatta, tu dois faire cesser cela, ordonna Jehnna. Quoi qu'ait fait cette femme, ces soldats n'ont pas le droit de la traiter ainsi. Ils sont Corinthiens, et nous nous trouvons à Zamora.

– Bandits et voleurs méritent la mort, rétorqua sèchement Bombatta. Et il est temps de repartir.

Il tenta vainement de saisir le mors du cheval de

Jehnna, qui faisait tourner bride à sa monture, pour s'adresser à Conan.

– Et vous, n'allez-vous pas intervenir ?

Conan prit une profonde inspiration, mais la situation lui avait échappé. D'autres villageois se tournaient vers eux pour évaluer leurs biens avec des yeux avides et tenter de voir si Jehnna était assez belle pour rapporter un bon prix lors d'une vente aux enchères. Ces hommes, habituellement peu dangereux, étaient excités par le raid des bandits et par le divertissement cruel des soldats. Le désir se lisait sur leurs visages. Dans quelques instants, ils se jetteraient sur leurs proies, et toute tentative de départ eût provoqué une éruption de violence immédiate.

– Tenez-vous prêts, ordonna le Cimmérien.

– Que Bel nous protège, murmura Malak comme Conan faisait avancer son cheval dans la foule.

Les villageois s'écartaient lentement devant le Cimmérien qui se dirigeait vers les soldats. Tout en saluant de la tête les Corinthiens, il pénétra dans leur cercle. Les militaires se regardèrent, puis le fixèrent en se demandant visiblement ce qu'il voulait. Il dégaina son épée.

– Ne la tue pas ! cria un Corinthien. Nous voulons nous amuser.

La femme noire recula à la limite de son lien, le bâton prêt à frapper et l'expression menaçante.

Conan lui adressa un regard qu'il espérait rassurant. La lame de son épée brilla sous le soleil et trancha la corde au ras de la cheville de la captive. Elle n'avait pas bougé un muscle. Conan découvrit avec admiration qu'elle semblait ignorer la peur.

– Que fait-il ? demanda un soldat. Il l'a frappée ?

Aussi calmement qu'il avait pénétré dans leur cercle. Conan en ressortit sans faire cas des regards déconcertés des Corinthiens. Le Cimmérien n'avait pas rejoint ses compagnons que la femme noire tentait sa chance.

Le bâton gémissant en raison de la rapidité avec laquelle il tournoyait, elle attaqua.

– Au galop ! rugit Conan.

L'extrémité du bâton de la femme écrasa la gorge d'un des soldats avant qu'ils eussent compris qu'elle était libre. Elle abattit son arme de bois sur un casque, et l'homme tomba à genoux, puis elle pivota pour briser une lance et écraser un visage dans un fracas d'os broyés et une fontaine de sang.

Les villageois s'égaillèrent en hurlant devant l'épée qu'agitait Conan, et Bombatta saisit les rênes de la monture de Jehnna, qui protesta et hurla des paroles que le Cimmérien ne pouvait entendre, tout en désignant la femme qui se battait.

Trois soldats s'étaient effondrés et les trois autres hésitaient à se rapprocher de celle qui les avait abattus. Elle faisait tournoyer son bâton au-dessus de sa tête, en poussant un long cri modulé. Les trois Corinthiens se regardèrent et parvinrent à une décision. Comme un seul homme, ils prirent la fuite. La femme lança à nouveau son cri de bataille, à présent triomphant, puis elle bondit à la poursuite des soldats.

Avec colère, Conan saisit les rênes de la monture de Jehnna. Elle voulut protester, mais d'un coup de pied il lança son cheval au galop et elle n'eut d'autre choix que de s'agripper au pommeau de sa selle. Les villageois brandissaient leurs poings, parfois un épieu ou une épée rouillée, mais nul n'essaya de stopper les cavaliers.

Conan attendit que le village fût hors de vue pour ralentir et tendre les rênes à Jehnna.

Elle les arracha de sa main et le foudroya du regard.

– Pourquoi avons-nous abandonné cette femme dans le village ? Elle...

– Ses chances de s'en tirer sont désormais plus grandes qu'avant notre intervention, rétorqua Conan. Sommes-nous venus ici pour sauver des bandits ou pour trouver une clé ?

Il prit sur lui-même pour dominer sa colère. Elle n'avait aucune idée des dangers qu'elle leur avait fait courir, même à présent.

Un bruit de galopade dans le lointain fit grommeler Bombatta.

– Les Corinthiens. Il est probable qu'ils mentionneront notre présence dans leur rapport.

– Ils omettront sans doute de parler de cette femme noire et grossiront notre nombre, fit sèchement remarquer Akiro. Prendre la fuite face à une petite armée est une chose, détaler devant une femme seule en est une autre.

Jehnna regarda tour à tour les deux hommes.

– Nous devions intervenir, dit-elle avec obstination. Cette femme ne pouvait mériter une telle fin.

– Quelle direction? demanda Conan, le souffle court.

Jehnna désigna silencieusement le bas de la vallée. Le Cimmérien fut heureux d'apprendre qu'ils n'auraient pas à retraverser le village. Ils reprirent leur voyage, en silence.

10

Les vallées qu'ils empruntèrent pour fuir ce village s'achevaient par une gorge aux parois abruptes et au sol jonché d'énormes rochers.

Les Karpash se dressaient autour d'eux, des pics grisâtres souvent couronnés de neige et aux pentes inférieures pointillées d'arbres rabougris.

Le soleil se trouvait à égale distance du zénith et de l'horizon ouest, ce qui remémora à Conan qu'ils n'avaient plus que trois jours pour trouver la clé, puis le trésor. Et s'ils n'étaient pas de retour à Shadizar dans les délais... L'expression grave, il toucha l'amulette d'or suspendue à son cou.

Malak se porta à la hauteur du Cimmérien.

– Nous sommes suivis, Conan.

– Je sais.

– Une seule personne, mais elle se rapproche.

– En ce cas, il convient de lui faire rebrousser chemin. Reste auprès de Jehnna avec Akiro. Je vous rattraperai.

Il ralentit sa monture et Bombatta arriva à sa hauteur.

– Nous sommes suivis, dit-il au guerrier balafré.

– Je sais.

– Nous devons faire comprendre à cet inconnu qu'il vaut mieux nous laisser tranquilles.

Bombatta regarda Jehnna, avant d'approuver Conan d'un hochement de tête.

Pendant que leurs compagnons poursuivaient leur route, les deux hommes s'éloignèrent de chaque côté de la vallée, vers deux énormes rochers qui les dissimuleraient à celui qui se trouvait sur leurs traces. Jehnna pivota sur sa selle pour les suivre du regard, mais Conan lui fit aussitôt signe de se retourner. Rien ne devait permettre à leur poursuivant d'apprendre qu'ils avaient noté sa présence. La jeune fille et ses deux compagnons disparurent derrière une autre courbe de la gorge et Conan tira son épée qu'il fit reposer sur la selle. Il savait qu'il n'aurait guère à attendre.

Des pierres roulèrent sous des sabots et leur annoncèrent l'arrivée de l'inconnu. Conan fronça les sourcils. Peu semblait importer à leur poursuivant d'être repéré. Le Cimmérien échangea un regard avec Bombatta.

La tête d'un cheval apparut entre les rochers qui les dissimulaient, et Conan s'élanca à sa rencontre.

– Halte ! cria-t-il.

Puis il resta bouche bée, pendant qu'à son côté Bombatta débitait un chapelet de jurons.

La femme à la peau ébène sursauta puis s'arrêta. Son

cheval, plus petit que les leurs, portait une selle militaire corinthienne d'où pendait une outre de cuir.

– Je m'appelle Zula, annonça-t-elle fièrement. Je suis une guerrière du Peuple des Montagnes, qui vit au sud du pays de Keshan. Je veux connaître le nom de l'homme à qui je dois la vie.

– On m'appelle Conan, le Cimmérien.

Zula le dévisagea attentivement.

– Je croyais m'être trompée sur la couleur de tes yeux. Etes-vous nombreux à posséder des yeux saphir, en Cimmérie ?

– Qu'Erlick arrache ses yeux ! s'emporta Bombatta. Et les tiens également, femme ! Tu connais son nom, à présent. Alors, suis ton chemin et ne nous importune plus.

La femme ne le regarda pas. Elle ne semblait même pas avoir entendu ses paroles.

– Je t'accompagne, Conan de Cimmérie. Peut-être pourrai-je m'acquitter de ma dette.

– Je n'ai pas fait cela pour toi, mais pour nous permettre de fuir ce village sans avoir à nous battre. Tu ne me dois rien.

– Les raisons importent moins que les actes. Je dois ma vie et ma liberté à ton intervention.

Conan n'avait pas eu le temps de répondre qu'ils étaient rejoints par leurs compagnons.

Il foudroya du regard les deux hommes qui accompagnaient Jehnna.

– N'ai-je pas dit que je vous rattraperais ? Nous aurions pu avoir une vingtaine de villageois à nos trousses. Est-ce ainsi que vous protégez Jehnna ?

Malak esquissa un semblant de sourire puis s'absorba dans l'étude de la longe du cheval de bât, mais Akiro haussa les épaules et répondit :

– Je suis trop âgé pour pouvoir ramener une femme à la raison.

– Ne soyez pas ridicule, Conan, intervint Jehnna. Malak a parlé d'un seul poursuivant, et vous l'avez confirmé. (Elle reporta son attention sur Zula.) Les villageois ont dit que vous étiez des bandits.

– Ils ont menti, répliqua avec dédain la femme noire. Ces misérables ont effectué un raid contre un village situé quatre lieues plus au sud et ont enlevé plusieurs jeunes femmes. Leurs victimes nous ont payés pour aller délivrer les captives. Nous sommes arrivés de nuit et avons incendié des cabanes pour détourner l'attention de ces chiens. Nous venions de libérer ces femmes quant T'car, mon compagnon d'armes, a été blessé d'un coup d'épieu. Et je n'ai pas pu me résoudre à l'abandonner.

– Et ainsi, vous avez été tous deux capturés, dit Jehnna. Votre acte était plein de bravoure, comme dans les récits que me font les servantes.

– T'car était mon compagnon d'armes.

Jehnna hocha brusquement la tête. Elle venait de prendre une décision.

– Vous nous accompagnerez.

– Non ! s'écria Bombatta. Bonté mitriaque, Jehnna ! Voulez-vous tout remettre en question ? Souvenez-vous de la prophétie.

– Elle ne précise pas que tous mes compagnons doivent être des hommes, rétorqua Jehnna avant de se tourner vers Conan. Vous avez Malak et Akiro. Je n'ai que Bombatta, et il ne cesse de s'emporter contre moi. Cela ne lui était jamais arrivé, auparavant.

– Elle ne pourra même pas nous suivre, sur cette brebis corinthienne, rit Malak.

Zula le dévisagea calmement.

– Je pourrai te battre à la course même lorsque tu auras achevé ta croissance, avorton.

Conan toucha son amulette. Bombatta avait peut-être raison. Il était possible que leur présence gêne l'accomplissement de la prophétie et interdise en conséquence la résurrection de Valéria. Mais il avait sauvé la vie de Zula, comme Valéria avait sauvé la sienne. N'était-ce pas un présage ?

— Je ne m'y opposerai pas, dit-il fermement.

Bombatta jura. Cependant, Jehnna s'empressa de dire :

— Alors, restez auprès de moi, soyez ma compagne.

— Je resterai au côté de Conan.

Jehnna sourit, comme si elle n'avait pas relevé la nuance apportée par la guerrière noire.

— Alors, en route, conclut Conan qui fit repartir sa monture.

Nimbé par la luminescence sanglante de la gemme, Amon-Rama observait les personnages qui y apparaissaient. Deux de plus, pensa-t-il, avant d'étudier l'homme replet à l'épiderme jaunâtre. Il irradiait la puissance. Un sorcier. Sa bouche se tordit en un rictus malveillant. Ses pouvoirs ne pouvaient être plus grands que les siens.

— Approchez, murmura-t-il. Amenez-moi l'Unique.

— ...Et après avoir rapporté la clé et le trésor à Shadizar, que se passera-t-il ? demanda Zula.

Jehnna la regarda avec surprise. Elle ne s'était jamais interrogée à ce sujet.

— Voyons, je vivrai à nouveau au palais. Comme auparavant. Tel est mon destin.

Zula se contenta de lui répondre par un borborygme.

Se sentant mal à l'aise sans en connaître la raison, Jehnna reporta son attention sur Malak et Akiro, puis sur les larges épaules de Conan. Il se trouvait en tête du groupe qui contournait un mont couronné de neige, et Bombatta fermait toujours la marche en gardant les yeux rivés sur les hauteurs. Il cherchait des signes annonciateurs de danger dans la clarté faiblissante et rougeâtre du crépuscule.

Mais c'était cependant le Cimmérien qui occupait ses pensées. Il était si différent de l'homme qu'elle s'était attendu à voir. Akiro, et même Malak, auraient trouvé leur place dans les contes que lui narraient ses habilleuses, mais le colosse nordique n'était pas un personnage de ces récits de princes charmants et de belles princesses. Et il n'était pas seul en cause. Elle se sentait elle-même très différente, d'une façon qu'elle ne pouvait définir. Rien de ce qu'elle éprouvait n'évoquait Conan lui récitant de longs poèmes sur la beauté de ses yeux. Cela était d'ailleurs difficile à imaginer, comme de se représenter le Cimmérien lui offrant une rose d'or sur laquelle elle verserait des larmes pendant sa longue absence. Cet homme l'eût plutôt saisie et installée devant lui sur sa selle, puis... si elle n'avait aucune certitude, elle devinait que la suite n'était pas précisée dans ces histoires.

Zula aurait pu la conseiller, mais Jehnna n'osait l'interroger. Cependant, si elle abordait le sujet par étapes prudentes...

– J'ignore tout des femmes guerrières, dit-elle brusquement. Dans votre contrée, toutes vos semblables se battent-elles ?

– Nous sommes entourés d'ennemis, et notre population est trop peu nombreuse pour que les femmes puissent tenir le même rôle que dans les autres contrées, où le métier des armes est pratiqué par les hommes et les rares femmes qui le désirent. Nous devons tous nous battre, pour survivre.

– J'ignorais qu'on trouvait également des guerrières à Zamora. Pourrais-je en devenir une ?

– Peut-être, répondit Zula. Si tu acceptes de suivre un entraînement éprouvant, et si tu en as le courage. Mais c'est une vie difficile, et l'on vit constamment au contact de la mort. La sienne ou celle d'un proche.

La tristesse présente dans la voix de Zula remémora à Jehnna la question qu'elle voulait lui poser.

– T'car, dit-elle d'une voix douce. Vous l'avez appelé votre compagnon d'armes. Etait-il votre... amoureux ?

– Mon amant ? Oui, il était mon amant, et dans tous

les domaines l'homme le plus valable que j'aie jamais connu.

– Comment... comment tout a-t-il commencé, entre vous ?

Zula eut un rire, comme si elle venait de retrouver un souvenir agréable.

– De nombreuses femmes le désiraient, car il était beau et fier, mais je leur ai dit qu'elles devraient me tuer avant de pouvoir coucher avec lui. Aucune d'elles n'était de taille à se mesurer à moi, et lorsque T'car l'a constaté il m'a emmenée dans sa hutte.

Jehnna cilla. Ce récit était sans points communs avec les contes qu'elle connaissait.

– Alors, vous avez décidé qu'il serait à vous ? Vous l'avez choisi. Les hommes apprécient-ils ces manières ?

– Certains, mon enfant, s'ils ne doutent pas de leur virilité. D'autres ne peuvent les admettre.

– Et lequel de nos compagnons choisiriez-vous ? Malak, peut-être ?

La femme noire eut un reniflement de mépris.

– Ce n'est pas drôle, même si tu avais l'intention de plaisanter. Je choisirais Conan.

– Parce qu'il vous a sauvé la vie ? demanda Jehnna qui éprouva une brusque colère inexplicable. Pourquoi pas Bombatta ?

– Il est sans doute brutal pour affirmer sa virilité, mais je pourrais le plier à ma volonté comme un roseau. Conan est fort et tendre à la fois, mais il refuse de plier. Autant coucher avec un lapin qu'un homme sans caractère. (Zula lui adressa un regard oblique, et Jehnna sut qu'elle s'était empourprée.) N'aie crainte, petite, je ne te le prendrai pas.

– Me... le prendre ?... Mais il n'est... Je veux dire... (Elle prit une profonde inspiration et se redressa sur sa selle, comme le faisait Taramis.) Et ne m'appelez pas « petite ». Je suis une femme.

– Evidemment. Pardonne-moi, Jehnna. Mon peuple a certaines coutumes. Je ne partagerai la couche d'aucun homme pendant un an. T'car aurait fait de même, si j'avais été victime de ces villageois.

Ce fut au tour de Jehnna de rester silencieuse. Elle analysait les réponses de Zula, mais rien de tout cela n'avait pour elle la moindre utilité. Nulle rivale ne lui disputait Conan, même si elle avait été capable de se battre contre elle. Quant au reste...

– Zula, vous avez employé à trois reprises le terme « coucher avec un homme ». Que vouliez-vous dire ?

La femme noire en resta bouche bée de surprise.

– Par tous les dieux, murmura-t-elle. Tu es vraiment une enfant.

Jehnna alla pour lui donner une réplique cinglante mais se figea. Devant eux se dressait une montagne, ou plutôt une moitié de montagne dont le sommet avait disparu longtemps auparavant. Même du point où elle se trouvait, il était évident qu'un vaste cratère creusait le pic tronqué.

– Conan, murmura-t-elle, avant de crier son nom : Conan ! La clé ! Je sens qu'elle m'attire ! La clé se trouve dans ce cratère !

Ne pouvant contenir son impatience, elle lança son cheval au galop.

11

– Attendez, Jehnna ! cria Conan pour la dixième fois.

Mais il savait qu'il était trop tard. Elle les avait distancés et disparaissait derrière la crête.

En jurant, il se lança à sa poursuite sans attendre ses compagnons. Il passa la crête au galop et eut un hoquet de surprise en découvrant l'autre versant.

Au bas du puits démesuré s'étendait un lac que ne venait plisser aucune brise et dont le bleu soutenu indiquait la grande profondeur. De chaque côté de ce miroir liquide se dressaient des murailles verticales, et juste au-dessous de lui se trouvait une petite plage de sable noir entourée de roseaux. De l'autre côté du lac était érigé un palais de cristal aux innombrables facettes miroitantes, dont la vision hérissa ses cheveux sur sa nuque.

Lorsque Conan rattrapa Jehnna, le cheval haletant de la jeune fille se désaltérait dans le lac alors qu'elle fixait avec des yeux émerveillés les lointaines tours cristallines.

– La clé se trouve-t-elle dans ce palais? demanda Conan.

– Oui, je sens sa présence. Elle m'attire vers elle.

– En ce cas, nous devons ressortir du cratère et faire le tour de la montagne. Il est impossible de contourner ce lac et d'atteindre ce palais, hormis à la nage.

Les autres arrivèrent à leur tour : tout d'abord Bombatta et Zula, puis Akiro et Malak avec le cheval de bât.

– Est-ce que tout va bien, mon enfant? cria Bombatta à l'instant même où Zula demandait :

– Jehnna, es-tu indemne?

Le guerrier balafré et la femme noire s'adressèrent des regards haineux.

– C'est le chemin, insista Jehnna. La voie qu'il faut suivre.

– Comment? s'enquit Conan.

Même Bombatta semblait avoir des doutes.

– Nous devons contourner la montagne, Jehnna.

– C'est le chemin, répéta-t-elle.

Brusquement, Malak sauta de selle et s'avança dans les roseaux. Lorsqu'il en ressortit, il tirait derrière lui une embarcation longue et étroite, faite de peaux tendues sur une armature de bois. Il exhiba une poignée de fils et d'hameçons en os.

– La population locale nous fournit un moyen de transport. Les pêcheurs ne nous en voudront pas si nous empruntons leur canot. Ils ont même eu l'obligeance de laisser les pagaies à l'intérieur.

– Le hasard fait bien les choses, murmura Akiro. Trop bien, peut-être ?

– Que veux-tu dire ? lui demanda Conan.

Le sorcier tirailla sa moustache pendante et porta le regard vers le palais qui scintillait, bien qu'il ne fût pas atteint directement par la lumière du soleil.

– Les habitants des Karpash ne sont pas des pêcheurs. Et même si c'était le cas, viendraient-ils pêcher à proximité de *cela* ?

– Mais... le canot est là, protesta Malak. Tu ne peux nier ce que voient tes yeux.

– Je ne doute d'aucun de mes sens, seulement de mon esprit. Quant à l'embarcation, peut-être l'a-t-on placée là à notre intention ?

Le petit voleur lâcha le canot et les fils de pêche comme s'il s'agissait de serpents, puis recula rapidement en essuyant ses paumes sur sa culotte de cuir.

– Le Stygien savait que nous arrivions ? Par les Fesses de Bamba !

– Nous ne ferons pas de feu, déclara Conan en mettant pied à terre. Au cas où il ignorerait notre présence, il est inutile de l'en informer.

– Nous devons traverser maintenant, déclara Jehnna. Maintenant. La clé se trouve dans ce château.

– Elle y sera toujours demain, répliqua le Cimmérien.

Visiblement à regret, elle détacha ses yeux du palais pour se tourner vers lui, et il s'empressa d'ajouter :

– Je désire autant que vous ne pas perdre de temps, Jehnna. Nous traverserons ce lac à l'aube.

– Le voleur a raison, mon enfant, déclara Bombatta qui désigna le lac et ses flots assombris par l'approche de la nuit. Si l'embarcation chavirait, il serait impossible de vous secourir. Je ne puis courir un tel risque.

Jehnna sombra dans un silence maussade, et Conan reporta son attention sur Malak.

— Tu es libre de partir, si tu le désires. Il n'était pas prévu qu'Amon-Rama serait au courant de notre présence. Tu peux considérer que les joyaux t'appartiennent.

— Les joyaux ? répéta Bombatta.

Mais les deux amis l'ignorèrent.

Malak fit un pas en direction de son cheval, puis s'immobilisa.

— Conan, je... Les choses seraient différentes si nous avions une seule chance de réussir. Mais il sait que nous arrivons. Œil Menaçant de Balor ! Tu as entendu ce qu'a dit Akiro.

— J'ai entendu.

— Et tu restes ? (Conan hocha la tête et le petit homme soupira.) Je ne peux voyager de nuit. Je partirai au matin.

Akiro lâcha un gémissement et descendit de sa monture.

— A présent que la question est réglée, je peux avouer que je meurs de faim. Nous avons de l'agneau séché et des figues.

Ils installèrent leur campement et tous étaient silencieux et pensifs, à l'exception de Jehnna qui semblait ravie d'atteindre une étape de sa destinée.

Les chevaux furent rapidement entravés et ils mangèrent de la viande séchée et des fruits. La nuit était tombée, et Jehnna s'enroula dans ses couvertures. A la surprise de tous, Zula alla s'asseoir en tailleur à côté de la jeune fille qu'elle berça de ses chants. Bombatta la foudroya du regard, mais l'expression farouche de la guerrière dès qu'un des hommes approchait de Jehnna était plus que suffisante pour les tenir à distance.

La pleine lune s'éleva et dilua l'obscurité, car il semblait que le cratère capturait et retenait sa pâle clarté. L'air acquit une nuance perlée d'une blancheur surnaturelle qui permettait de discerner nettement les visages. Conan et Akiro étaient assis, alors que leurs compagnons dormaient. Ils regardaient le palais, de l'autre côté des flots obscurs. Il scintillait, tel un diamant posé dans un écrin de velours noir.

– Ce lieu m'oppresse, déclara finalement le Cimmérien. Il ne me plaît guère.

– Ce n'est pas un endroit que l'on peut aimer, hormis si l'on est un sorcier, répliqua Akiro dont les mains semblèrent caresser la pâle clarté. Je sens les ondes du pouvoir émaner de chaque pierre. En ce lieu, les liens et les nœuds qui maintiennent la cohésion du monde normal sont défaits. Ici, les barrières sont fragiles et les morts peuvent être rappelés à la vie.

Conan frissonna, et tenta de se persuader que l'atmosphère s'était rafraîchie.

– Je voudrais être de retour à Shadizar, avec ce que désire obtenir Taramis.

Brusquement, un hurlement déchira la nuit et Jehnna se tordit sous ses couvertures, en criant :

– Non, non ! Arrêtez !

Bombatta s'éveilla en sursaut et bondit, sabre au poing, pendant que Malak jurait et se débattait dans ses couvertures, une dague dans chaque main. Zula serra la jeune fille contre sa poitrine et lui murmura des paroles apaisantes.

Brusquement, Jehnna prit la femme noire par le cou. Elle était secouée par des sanglots.

– C'était horrible ! Horrible !

– Un rêve, commenta Bombatta qui rengainait son sabre.

Il alla s'agenouiller près de Jehnna, mais la jeune fille s'agrippa au cou de Zula.

– Seulement un rêve, mon enfant, ajouta-t-il doucement. Rien de plus. Rendormez-vous.

– Les songes sont parfois prémonitoires, déclara Akiro. Expliquez-le-nous, Jehnna.

– Ce n'était qu'un cauchemar, grommela Bombatta. Qui sait ce qu'elle a pu imaginer, dans un pareil endroit !

– Parlez, répéta Akiro à la jeune fille.

Jehnna resta pelotonnée entre les bras protecteurs de Zula, et ses yeux sombres étaient toujours écarquillés de terreur.

– J'étais une petite enfant, à peine capable de marcher sans aide. Je venais de m'éveiller. Ma nourrice dormait, et je quittai ma chambre pour aller retrouver ma mère. Je courus dans de nombreux couloirs, avant d'atteindre les appartements de mes parents. Ils dormaient, et je voyais également un autre personnage pelotonné à la tête du lit. La faible clarté des lampes luisait étrangement sur ses mains. L'une d'elles se leva et... elle serrait une dague. La lame s'abattit, et mon père poussa un gémissement, comme s'il était blessé. Ma mère s'éveilla alors et hurla mon nom, mais la lame la transperça à son tour. Tout était baigné de sang. Je me mis à courir. Je voulais hurler, mais il me semblait que je ne possédais pas de langue. Il m'était seulement possible de courir, courir, courir...

Zula la secoua, puis la serra à nouveau contre elle.

– Tout va bien, Jehnna. Tu es en sécurité, à présent. Tu ne crains rien.

– Qui ? demanda Akiro. Qui était-ce ?

– Taramis. C'était Taramis. Oh ! pourquoi ai-je rêvé cela ? Pourquoi ?

Nul ne rompit le silence, jusqu'au moment où Bombatta déclara :

– Un cauchemar absurde, engendré par ce lieu maudit. Même mon sommeil est troublé.

– C'est sans doute cela, déclara finalement Akiro. Zula, veux-tu veiller sur elle ?

La guerrière noire hocha la tête et caressa les cheveux de Jehnna, tout en reprenant la berceuse qui l'avait un peu plus tôt aidée à s'endormir. Bombatta s'assit de l'autre côté, comme s'il voulait lui aussi veiller sur son sommeil. L'homme et la femme se fixèrent sans ciller.

Accompagné d'Akiro, Conan gagna lentement la

berge du lac dont le miroir obscur n'était troublé par aucune ride.

– Quand Jehnna était à peine assez âgée pour marcher seule, Taramis devait avoir seize ans, déclara le Cimmérien. Elle était juste assez vieille pour hériter des titres et des biens de son frère.

– Peut-être n'était-ce qu'un simple rêve.

– Peut-être, répondit Conan. Peut-être.

Amon-Rama plongea le regard dans les profondeurs purpurines du Cœur d'Ahriman et y découvrit des personnages qui dormaient. Nul n'était resté éveillé, sur l'autre rive du lac. Le dernier à s'endormir, le sorcier à la peau jaune, avait étudié le ciel et tenté d'atteindre les pouvoirs accumulés dans le cratère. Un bref rictus moqueur incurva les traits du Stygien. Ce sorcier s'était couché bien après les autres, mais à présent même lui dormait. Au matin, ils viendraient et...

Ses sourcils se froncèrent. Au matin. Il avait longtemps attendu. Maintenant ce n'était plus qu'une question d'heures, mais il bouillait d'impatience. Il contrôlait la situation, alors pourquoi lui semblait-il que des fourmis couraient sur son épiderme ?

Il cessa de se concentrer et la luminescence du Cœur s'amoindrit, lui rendant son aspect de pierre précieuse plus écarlate que le rubis. Il n'attendrait pas toute la nuit.

Rapidement, il quitta la chambre aux miroirs et traversa des salles de cristal pour gagner le sommet de la plus haute tour du palais. Depuis ses hauteurs, il regarda la berge opposée comme si ses yeux pouvaient percer cette nuit à la pâleur surnaturelle, puis il sortit de sa robe une craie noire faite d'os calcinés d'hommes assassinés et du dernier souffle de vie de jeunes vierges.

Il s'en servit pour tracer rapidement un pentacle dont il laissa un côté ouvert afin de pouvoir y pénétrer sans danger. Dans chaque pointe de l'étoile, il dessina deux symboles : l'un semblable aux autres et le second différent. Ceux identiques renforceraient le pouvoir protecteur du pentacle, alors que les cinq autres étaient des signes d'appel. En tenant soigneusement le bas de sa robe afin de ne pas effacer une partie du dessin (ce qui aurait eu des conséquences désastreuses !), il y pénétra et compléta le dernier trait du pentacle.

Tout d'abord faiblement, puis avec plus de puissance, il psalmodia des incantations jusqu'au moment où il hurla les mots. Cependant, il n'entendait rien. Ces appels n'étaient pas adressés à des hommes. Seules de longues années d'un pénible entraînement lui permettaient de les prononcer. En ce lieu où les liens étaient rompus, Amon-Rama invoquait les esprits du changement et de la dissolution.

Progressivement, la pâleur de la nuit parut se condenser autour de lui. Elle s'épaississait, tournoyait, le dissimulait comme une colonne de fumée. Et cette fumée s'enfla et se modela, se modifia. Des ailes dont l'envergure était quatre fois la hauteur d'un homme en jaillirent. D'énormes serres griffèrent le cristal adamantin du sommet de la tour. A l'intérieur du pentacle du pouvoir se dressait un oiseau gigantesque composé de fumée qui tourbillonnait.

Les ailes immenses battirent. (Il n'y avait aucun son, comme si elles n'agitaient pas l'air de ce monde.) Et la créature monstrueuse s'éleva dans la nuit. Elle traversa rapidement le lac, puis effectua des cercles au-dessus de la plage de sable noir. Ses serres impalpables se replièrent et l'oiseau immatériel s'immobilisa.

Puis la créature fondit sur la silhouette élancée de la jeune fille. Ses immenses ailes s'abaissèrent pour freiner la descente, mais nul courant d'air n'agita les couvertures de la femme noire ou du guerrier balafré qui dormaient à quelques pas. Les serres se refermèrent sur le corps de Jehnna. Elle ne s'éveilla pas.

L'être de fumée reprit son essor et ses ailes semblèrent emplir tout le ciel, alors qu'il regagnait le palais. Après s'être posé sur la tour de cristal, l'oiseau immatériel redevint une colonne de fumée qui atteignit le pentacle, tourbillonna et se dissipa pour révéler Amon-Rama qui tenait Jehnna dans ses bras.

Il effaça du pied une section du dessin, puis en sortit. Il s'occuperait du reste plus tard. Il avait pour l'instant une chose très importante à réaliser. Le nécromancien aux yeux sans vie eut un léger sourire en abaissant le regard vers le corps inerte qu'elle tournait vers lui dans son sommeil ininterrompu. Une chose infiniment plus importante.

Les marches d'un escalier de cristal qui tintait sous ses pas le ramenèrent à l'intérieur du palais. Jusqu'à la salle aux miroirs, puis dans une chambre à nulle autre pareille.

Partout ailleurs, dans ce palais de cristal, la lumière régnait en permanence sans que la présence de lampes ou du soleil fût nécessaire. Ici se trouvait le royaume des ténèbres. Les murs (si cette pièce en possédait, car elle semblait s'étendre à l'infini dans toutes les directions) semblaient tapissés des ombres les plus profondes, et seuls deux points de clarté étaient visibles. La porte qui s'ouvrait sur la salle aux miroirs était un rectangle de lumière. L'autre point était un halo sans source apparente qui entourait un large lit où s'entassaient des coussins de soie. Amon-Rama alla y déposer son léger fardeau.

Il contempla Jehnna, puis caressa lentement son corps : des courbes délicates de sa cheville à la rondeur de sa cuisse, puis de sa taille à ses seins fermes. Et il décida de réserver à cette jeune fille un sort différent de celui qu'il avait prévu pour cette stupide Taramis. Mais il attendrait pour cela de s'être débarrassé des autres. A présent que l'Unique était finalement en son pouvoir, son impatience avait disparu et il avait certains préparatifs à effectuer.

– Ecoute-moi, dit-il d'une voix qui portait à des distances incommensurables. Il ne doit subsister aucune porte, aucune fenêtre, aucun interstice ni ouverture donnant sur l'air extérieur. Ainsi ai-je dit, et ainsi doit-il en être.

Le palais de cristal tinta telle une énorme cloche, et la volonté d'Amon-Rama fut faite. Le palais était scellé.

– Voyons quelle sera leur réaction, murmura-t-il.

Après un dernier regard au corps immobile de Jehnna, le sorcier quitta cette chambre. Lorsqu'il eut refermé la porte derrière lui, seul un point de lumière subsistait et Jehnna flottait au centre de ténèbres infinies.

12

Une pénombre perlée irréelle baignait toujours le cratère, mais Conan n'avait pas besoin de voir le ciel pâlir à l'est pour savoir que l'aube était proche.

Il repoussa les couvertures et rengaina l'épée qui était demeurée près de lui toute la nuit, puis il se leva et s'étira. Ses sourcils se froncèrent lorsqu'il porta le regard sur les couvertures de Jehnna. Rapidement, il scruta la pente du cratère, au-dessus du camp. Les chevaux gardaient la tête baissée. Ils dormaient et rien ne se mouvait.

Il se pencha vers Akiro et Malak.

– Eveillez-vous. Jehnna est partie. Recherchez-la.

S'éloignant de Malak qui maugréait et d'Akiro qui lui rappelait que les vieillards avaient besoin de nombreuses heures de sommeil, Conan se dirigea vers Bombatta et Zula qui dormaient de chaque côté d'un tas de couvertures vides. Il adressa un regard menaçant au guerrier balafré et lui donna un coup de botte dans les côtes.

Bombatta poussa un cri de surprise et se leva aussitôt en portant la main à son sabre.

– Je vais te tuer, voleur ! Je...

– Jehnna est partie. Tu étais censé veiller sur elle, mais elle a disparu. Peut-être est-elle morte !

La fureur de Bombatta s'évanouit aussitôt. Il regarda les couvertures, comme frappé en plein visage.

– Tous les chevaux sont là, cria Malak.

L'homme à l'armure ébène se reprit.

– Evidemment ! Jehnna n'aurait pas voulu s'éloigner de son destin.

– Destin ! ricana Zula. Tu appelles cela son destin. Pourquoi n'aurait-elle pas choisi sa propre destinée ?

– Si tu lui as fait quelque chose...

– Moi ? Je ne lui ferais pas le moindre mal ! C'est toi qui la considères comme un jouet dont tu espères t'amuser le moment venu.

– Hyène puante ! Je vais te...

– Vous vous battrez plus tard ! ordonna sèchement Conan. Il faut retrouver Jehnna !

La tension décrut, mais ne disparut pas totalement. Bombatta rentra son sabre dans son fourreau en grondant, et les lèvres de Zula s'incurvèrent avec colère comme elle abaissait son bâton.

Akiro s'était agenouillé à côté des couvertures de Jehnna, et faisait courir ses mains sur elles. Ses lèvres se murent et ses yeux se clorent. Lorsqu'il les rouvrit, ses compagnons ne virent que deux globes d'un blanc laiteux. Malak eut un haut-le-cœur et se détourna :

– Elle a été emportée par un oiseau, annonça le sorcier.

– Vieil imbécile, marmonna Bombatta.

Mais Akiro ne sembla pas l'entendre.

– Un grand oiseau de fumée qui volait sans bruit. Il l'a emportée dans ses serres.

Ses paupières se fermèrent, puis se rouvrirent sur des yeux normaux.

– Imbécile ? répéta Conan en s'adressant à Bombatta. L'imbécile, c'est toi. Et moi également. Nous aurions pu prévoir que le Stygien passerait aux actes.

– Où cet oiseau l'a-t-il emportée ? s'enquit Zula.

Akiro désigna le palais, sur l'autre rive du lac.

– Là-bas, évidemment.

– Alors, nous devons nous y rendre, déclara-t-elle.

Conan l'approuva d'un hochement de tête. Comme un seul homme, le Cimmérien et Bombatta coururent vers le canot qu'ils tirèrent en direction du lac.

– Il risque d'être ensorcelé, protesta Malak. Akiro l'a dit.

– Nous devons courir ce risque, répliqua Conan qui avait pénétré dans les flots. Montez ! Vite !

Ils grimpèrent dans l'embarcation, Zula au centre, entre Akiro et Malak, Conan et Bombatta aux deux extrémités. Maniées par les deux colosses, les pagaies brassèrent les flots et le petit canot s'écarta de la rive.

– Sigyn tout-puissant ! s'exclama brusquement Malak. J'avais oublié ! Je vous quitte ce matin ! Demi-tour !

Conan ne ralentit pas le rythme de ses coups de pagaie.

– Nage, dit-il avec concision.

Le petit voleur regarda les flots et frissonna.

– L'eau sert de boisson, lorsqu'il n'y a plus de vin.

Sans vent ni vagues pour la ralentir, l'embarcation avançait rapidement. Son sillage s'étendait très loin, car rien d'autre ne troublait la surface du lac. Le palais de cristal se dressait devant eux, et du côté surplombant les flots se trouvait un quai apparemment taillé dans une unique gemme démesurée. Ils atteignaient le palais quand le soleil dépassa la bordure du cratère, et l'immense structure sembla s'embraser.

Conan retint l'embarcation contre le débarcadère, pendant que ses compagnons en descendaient. Lorsqu'il se trouva lui aussi sur le quai miroitant, il tira le canot de peau hors des flots. Un voleur ne pouvait espérer vivre très longtemps, s'il omettait de prévoir sa fuite. Pour l'instant le lac était calme, mais rien ne garantissait que quelque chose ne ferait pas dériver l'embarcation et Conan ignorait s'il existait d'autres moyens de quitter ce palais surnaturel.

Une fois le canot en sécurité, il reporta son attention sur les murs absolument lisses et miroitants. Loin sur la droite et la gauche se dressaient des colonnes de cristal et, au-dessus, des murailles verticales surmontées de dômes à facettes et de tours scintillantes qui s'étiraient vers le ciel.

– Fascinant, murmura Akiro tout en tapotant du doigt le mur de cristal. Il n'y a aucun joint. Il s'agit effectivement d'une seule gemme. Fascinant.

– Je préférerais que ce soit du marbre ordinaire, déclara sèchement Conan. Il nous serait possible de gravir cette muraille. Venez. Nous devons trouver une porte.

– Il n'y en a pas, répondit Akiro, l'air rêveur.

– Comment... (Il n'acheva pas sa question, estimant inutile de demander au sorcier par quels moyens il savait cela.) Alors, par les Neuf Enfers de Zandru, comment allons-nous entrer ?

Akiro cilla de surprise.

– Oh ! c'est facile.

Il revint au bord du quai et désigna les flots.

– Là en bas se trouve une ouverture. J'ai immédiatement perçu sa présence, peut-être parce qu'il s'agit de l'unique passage.

– Une conduite qui alimente en eau ce palais ? demanda Zula sur un ton de doute.

– Je n'aime pas l'eau, grommela Malak.

Mais c'était le palais qu'il étudiait avec nervosité.

Conan s'agenouilla à côté du mage et étudia la surface du lac. Il n'y voyait que son reflet, et ne put croire qu'Amon-Rama avait érigé un palais sans porte en laissant un moyen d'accès tel que celui-là. Il pensa à un piège, dont Jehnna était l'appât, et prit une profonde inspiration avant de plonger dans le lac.

Les flots possédaient une clarté grisâtre, et le Cimmérien nagea vers les profondeurs afin d'étudier les fondations du quai. La paroi de cristal n'était pas souillée par le limon ou des dépôts verdâtres, comme tous les ouvrages de pierre immergés.

Il trouva rapidement le passage : une grande canalisation au diamètre presque aussi large que ses deux bras tendus. Une grille métallique imposante en interdisait l'entrée, et il saisit deux barres puis cala ses pieds contre la paroi. Le métal refusait de céder. Il redoubla ses efforts, sans plus de succès. Brusquement, il fut surpris de découvrir d'autres mains près des siennes et releva les yeux pour voir Bombatta qui s'était débarrassé de son armure noire. Conan concentra ses efforts sur un seul barreau. Ses os tremblaient et ses poumons étaient en feu.

Avec un craquement sec, une barre se libéra dans une gerbe d'éclats de cristal. La grille se déplaça, et Conan découvrit qu'il disposait d'une meilleure prise. La gemme se fendilla et se brisa, et l'une après l'autre les barres restantes cédèrent.

Laissant tomber la grille, le Cimmérien regagna rapidement la surface. Il reprit sa respiration dès que sa tête émergea du lac, imité par Bombatta. Depuis le quai, trois visages anxieux les observaient.

– Le passage est ouvert, annonça Conan, le souffle court. Venez.

– Un instant, rétorqua Akiro. Nous devons établir un plan d'action.

– Pas le temps.

Il prit une ultime inspiration puis plongea à nouveau.

D'un coup de reins, il s'engagea dans la canalisation. Il avait laissé la clarté derrière lui et nageait au sein de l'obscurité. Trente pas. Quarante. Ses poumons réclamèrent de l'air. Cinquante. Et brusquement il vit une vague clarté devant lui. Il nagea rapidement dans sa direction puis remonta vers son point d'origine.

Il fit surface au fond d'un puits creusé dans le même cristal que le reste du palais. Un seau de bois était plongé dans l'eau, et il tira prudemment sur sa corde. Elle ne céda pas.

Il sourit. Amon-Rama se croyait en sécurité, convaincu de la subtilité de son piège. Cependant, selon un vieux dicton nordique, quiconque voulait prendre au piège un Cimmérien prenait au piège sa propre mort.

Quelqu'un fit surface près de lui avec un éclaboussement qui se réverbéra à l'intérieur du puits, mais il ne prit pas la peine de regarder de qui il s'agissait. Il n'avait plus qu'une unique pensée. Il saisit la corde et s'y hissa, l'expression menaçante. Le Cimmérien était entré dans le piège pour chasser le chasseur.

Dans la salle aux miroirs, Amon-Rama se tapota pensivement le menton. Ses adversaires se trouvaient à l'intérieur du palais. Il avait oublié l'existence de la canalisation d'alimentation du puits, et ils avaient rapidement tiré profit de cette négligence.

Avec un sourire malveillant, il caressa lentement un mur de miroirs. La situation eût été différente s'ils avaient eu la moindre chance de lui échapper ou de le vaincre. Il avait entendu les plaintes du cristal, le bruit de leurs pas dans les couloirs, le souffle de leur haleine, mais il trouvait divertissant de laisser ses victimes se bercer d'illusions, car il savait que la situation serait encore plus menaçante lorsqu'ils auraient perdu tout espoir.

Il était temps d'effectuer certains préparatifs. Il prononça un mot, leva les mains, et les tentures d'or dissimulant les parois s'enroulèrent vers le haut pour révéler la centaine de grands miroirs qui tapissaient la pièce. Chacun d'eux réfléchissait le socle translucide sur lequel se trouvait le Cœur d'Ahriman, mais l'image du sorcier n'y apparaissait pas. Une vie entière consacrée à la magie noire avait des effets singuliers sur le corps de celui qui la pratiquait. Amon-Rama ne possédait plus aucun reflet.

La suite de miroirs ne s'interrompait qu'en deux points. L'un était la porte du corridor et l'autre donnait sur les ténèbres infinies et le lit où gisait Jehnna. Ce fut dans ce passage qu'Amon-Rama s'engagea. Un son s'enfla dans la pièce, comme celui d'un rocher tombant dans un lac, et il n'y eut plus qu'une seule ouverture dans le mur de miroirs. Cent un reflets du Cœur d'Ahriman tenaient compagnie à l'original.

Akiro se hissa hors du puits en maugréant, sans faire cas de l'eau qui ruisselait de son corps, puis il fixa les murs de joyau et les décorations d'or et d'argent. Elles étaient si finement ouvragées que nul homme ne semblait avoir pu les façonner. Partout étaient tendues des tapisseries représentant des scènes d'un autre monde, et le sol était dissimulé par des tapis qui changeaient de motifs et de couleurs alors même qu'il les admirait.

– Akiro ? fit Malak.

Le sorcier replet secoua la tête, admiratif. Tout cela était dû à la sorcellerie, rien n'avait été fait par la main de l'homme. C'était magnifique.

– Akiro ?

Avec irritation, le mage regarda le petit voleur. Les cheveux de Malak collaient à son visage et une pluie de gouttelettes tombant de ses vêtements alimentait la flaque qui s'était formée autour de ses pieds. Akiro le compara à un rat noyé, puis pensa à écarter ses propres cheveux ruisselants de son visage.

– Oui ?

– Ils s'en vont.

Akiro regarda dans la direction que son compagnon lui désignait et retint un juron. Bombatta et Zula s'éloignaient dans un couloir, et Conan avait déjà disparu.

— Les imbéciles, marmonna-t-il. Attendez !

Il s'élança derrière eux en courant, avec Malak sur ses talons.

— Pauvres demeurés ! grommela-t-il. On ne peut se promener dans le château d'un sorcier comme dans la demeure d'un négociant ! Ici, tout peut arriver !

Il franchit une courbe du passage et vit ses compagnons. Conan était à leur tête et franchissait le seuil d'une porte se trouvant à l'extrémité du couloir. Aussitôt, un panneau s'abaissa derrière lui avec un claquement sonore et scella le passage. Bombatta et Zula se précipitèrent pour marteler la plaque avec la poignée du sabre et le bâton.

Tout en jurant à voix basse, Akiro vint les rejoindre. Mais il se contenta d'observer ce panneau aussi transparent que du verre. De l'autre côté, Conan étudiait la salle emplie de miroirs dans laquelle il se trouvait. Ils pouvaient le voir, mais les armes de Bombatta et de Zula rebondissaient comme s'il s'était agi des portes d'un château.

— Ne peut-il pas nous entendre ? s'écria Malak. Par les Orteils d'Ogun ! Conan !

Zula s'agenouilla pour toucher le bas de la porte.

— Si nous pouvions la soulever... mais pas la moindre fissure ! Rien !

— Recule, rugit Bombatta qui saisit son sabre à deux mains. Je la briserai, s'il est possible de la rompre.

— Ecartez-vous tous, ordonna Akiro. Et taisez-vous !

Il chercha quelque chose dans sa bourse et soupira avant de jeter des poudres coagulées par l'humidité.

— Nous ne sommes pas dans une taverne, pour hurler ainsi. L'emploi de la force ne résoudra rien, car ce Stygien est un grand sorcier. Gardez cela à l'esprit, si vous ne voulez pas que... ah, voilà !

Avec un sourire satisfait, il prit une petite fiole entièrement couverte de cire d'abeille et marquée du sceau du pouvoir.

– Je ne vois pas Jehnna, déclara brusquement Bombatta. Abandonnez ce voleur à son sort. Nous devons la retrouver.

– Elle est là, répondit Akiro qui retirait la pellicule de cire. Ne pouvez-vous pas... Non, j'oubliais. Le point de passage se trouve ici, c'est le centre de toute la puissance de ce palais.

Le dernier morceau de cire céda, révélant une substance sombre et luisante qui évoquait à la fois de la graisse et de la fumée. Il s'en servit pour humecter l'extrémité de l'auriculaire de sa main gauche et écrivit une rune sur la partie droite de la porte transparente. Avec l'auriculaire de sa main droite, il traça le même symbole sur la gauche du panneau.

Akiro fronça les sourcils alors qu'un sifflement s'élevait des runes qui semblaient entrer en ébullition. Il se mit aussitôt à psalmodier des incantations silencieuses. Prononcées à haute voix, ces formules provoquaient l'apparition des manifestations du pouvoir, mais il jugeait ces dernières dangereuses, peu sûres ou immondes, et souvent les trois à la fois. Il sentait l'arrivée des esprits qui ouvraient ce qui ne pouvait être ouvert, qui levaient ce qui ne pouvait être levé. La pression augmentait, et il sut qu'ils répondaient à son appel. La pression augmentait, et des perles de sueur roulèrent sur son front. La pression augmentait et augmentait encore et...

Il se sentait faiblir et serait tombé s'il ne s'était pas retenu à la porte.

– Alors ? demanda Bombatta.

Akiro tremblait et ne pouvait en croire ses yeux. La pression s'exerçait toujours, suffisante pour faire sauter les portes d'un château, mais rien ne se produisait.

– Un sorcier extrêmement puissant, murmura-t-il avant d'ajouter en regardant dans la salle aux miroirs : si vous avez des dieux, le moment est venu de leur adresser des prières.

13

Conan effectua le tour de la salle en restant sur ses gardes. Les grands miroirs renvoyaient son image et celle de la gemme pourpre placée sur une petite colonne de cristal au centre de la pièce, et les reflets des reflets les multipliaient des milliers de fois. Ce mur de miroirs était ininterrompu, et il prit conscience qu'il ne savait plus lequel était descendu pour dissimuler la porte qu'il avait empruntée.

Il prenait soin de ne pas approcher de la gemme, dont la luminescence et la couleur indiquaient le pouvoir surnaturel. Il n'avait jamais rien vu d'un rouge aussi soutenu. De tels catalyseurs des puissances maléfiques étaient très dangereux pour ceux qui n'en avaient pas la maîtrise (ainsi qu'il l'avait appris à ses dépens) et à peine moins redoutables pour les sorciers. Cependant, il s'agissait de l'unique chose présente dans cette salle, et il se rapprocha lentement du petit socle, puis tendit la main.

– T'avoir pour adversaire n'est guère divertissant, barbare.

Le Cimmérien pivota vers le point d'origine de la voix et fut surpris de découvrir que son image avait disparu d'un des miroirs, pour être remplacée par celle d'un homme vêtu d'une robe à capuchon rouge. Tout au moins supposa-t-il qu'il s'agissait d'un homme, étant donné le timbre de sa voix et sa taille, car l'ombre de la capuche lui cachait son visage et le tissu tombait en replis vermillon jusqu'au sol. Même ses mains étaient dissimulées par ses longues manches.

– Je ne tiens pas à te divertir, Stygien, répondit Conan. Libère la fille ou...

– Tu deviens lassant, dirent une vingtaine de voix, derrière lui.

Toutes appartenaient au Stygien et, soupçonnant un

tour destiné à détourner son attention, Conan lança un regard par-dessus son épaule. A présent, vingt miroirs réfléchissaient l'image du personnage encapuchonné.

« Je garderai la fille, et tu ne pourras rien contre moi.

» Elle est l'Unique, et l'Unique m'appartient.

» Les muscles et l'acier sont impuissants contre mon pouvoir. »

Conan était pris de vertiges. Les images du personnage en robe rouge se multipliaient, et le Cimmérien fut bientôt cerné par le mage. Ses poils se hérissèrent sur ses bras et sa nuque, et ses dents furent dénudées par un grondement. Mais il avait déjà connu la peur à maintes occasions, et cette voleuse de volonté et de forces était pour lui aussi familière que la silhouette noire de la mort. Et si cette dernière devait tôt ou tard finir par le terrasser, il avait déjà vaincu un millier de fois la précédente.

– Crois-tu m'intimider, sorcier? Je crache sur ton pouvoir, car tu te dissimules derrière lui comme un chien peureux. Tu n'as pas le courage de me faire face.

– Des paroles audacieuses, murmurèrent les innombrables reflets. Mais je vais t'affronter en combat singulier.

Brusquement, deux images se scindèrent et quelque chose jaillit de chaque miroir. Les deux formes indistinctes se rencontrèrent, se fondirent, et le mage se matérialisa à une extrémité de la salle.

– Peut-être me procureras-tu un peu de distraction, malgré tout ? Tu n'apprécieras guère cela, barbare. Je te tuerai lentement, et tu hurleras à la mort de venir te prendre bien avant qu'elle n'arrive. Tes forces sont celles d'un enfant, comparées aux miennes.

A chaque parole, d'autres images se scindaient, d'autres éclairs pourpres traversaient la pièce pour se fondre en un personnage encapuchonné qui grandissait de plus en plus.

A deux reprises, alors que les éclairs rouges passaient près de lui, Conan les frappa de son épée. L'acier les traversa et seuls les fourmillements qui remontèrent son bras lui apprirent que la lame n'avait pas rencontré que du néant. Afin de ne pas gaspiller inutilement ses forces, le Cimmérien attendit que chaque miroir eût fourni un élément à l'être mystérieux qui lui faisait face : un personnage plus grand que lui d'une tête, et deux fois plus corpulent.

– Est-ce cela que tu appelles un combat singulier? se moqua Conan. Mais qu'importe, approche.

Le géant repoussa sa capuche et, alors que Conan sursautait malgré lui, une centaine de rires s'élevèrent des miroirs. Une tête de singe le fixait, aussi noire que la poix et armée de crocs redoutables. Ses yeux luisaient d'un feu intérieur malveillant et des griffes de tigre terminaient ses gros doigts poilus. Lentement, l'être se dépouilla de son vêtement pour révéler un corps ébène et de fortes jambes arquées. Il n'émettait aucun son, pas même celui de la respiration.

Il s'agissait très certainement d'un fruit de la sorcellerie, mais peut-être n'était-il pas invulnérable? Conan poussa un rugissement et bondit de l'autre côté de la salle. Son épée à double tranchant évoquait un moulin aux pales constituées de lames de rasoir, mais la créature l'esquiva bien plus rapidement que le Cimmérien n'aurait pu l'imaginer de la part d'un être aussi volumineux. Et, tout en évitant l'épée, la chose riposta et ses griffes creusèrent quatre sillons pourpres dans la poitrine du Cimmérien.

Conan attaqua à trois reprises le monstre, qui esquiva son acier avec la rapidité du vif-argent. Du sang coulait de la cuisse, de l'épaule et du front de l'homme. Des rires de gorge s'élevèrent des miroirs, répondant aux jurons que le Cimmérien marmonnait à mi-voix. La créature était aussi vive que l'éclair, et il n'était pas encore parvenu à l'atteindre.

Brusquement, le singe noir monstrueux bondit et le saisit, puis le porta vers sa bouche aux crocs redoutables. Conan se trouvait trop près pour porter un coup d'estoc, mais il abattit latéralement la lame sur la face grimaçante qu'il entailla de l'œil jusqu'à la bouche. Des griffes se plantèrent dans ses côtes, comme un fluide corporel verdâtre jaillissait de la blessure du monstre, et les bras démesurés le projetèrent à travers la salle.

Cette créature n'était donc pas invulnérable, et cela s'imposa à l'esprit de Conan juste avant qu'il n'eût le souffle coupé par l'impact contre l'un des miroirs. Il glissa sur le sol, cherchant désespérément à recouvrer sa respiration, et dut faire un effort incommensurable pour se relever avant une nouvelle attaque du monstre. Il se redressa en titubant... et fut sidéré en voyant son adversaire.

L'énorme singe était à quatre pattes, la bouche béante. Sans doute eût-il gémi s'il n'avait pas été muet. Cependant, des centaines de plaintes s'élevaient des images du sorcier reflétées par les miroirs. Dans chacun d'eux, le nécromancien s'affaissait et gémissait de douleur.

Puis Conan prit conscience qu'il n'apparaissait plus dans tous les miroirs. Celui qu'il avait heurté était traversé par un réseau de fissures et il n'y voyait plus son reflet. Il abattit son épée sur le miroir suivant et, alors que sa surface argentée se fragmentait sous le coup, l'image d'Amon-Rama s'évanouit et les gémissements devinrent des cris.

– Je te tuerai, sorcier! s'exclama Conan.

Il courut le long de la paroi, brisant chaque miroir au passage. Reflet après reflet, le thaumaturge disparaissait et ses cris se changeaient en hurlements.

Le crissement de griffes sur le sol l'avertit du danger, et il roula sur lui-même alors que le singe plongeait vers lui. Son épée s'abattit sur les côtes du monstre et y creusa une blessure semblable à celle qu'il venait de recevoir. La créature paraissait moins rapide, mais Conan courut vers l'autre côté de la salle.

Le Cimmérien abattit à nouveau son épée sur les

miroirs où apparaissait l'image du nécromancien, dont les hurlements traduisaient une souffrance insoutenable, ainsi que du désespoir. Du coin de l'œil, Conan vit l'énorme singe revenir vers lui. Il nota qu'en dépit de sa hâte le monstre prenait soin de contourner à bonne distance la gemme écarlate.

Brusquement, l'épée de Conan traversa un miroir de part en part. Elle l'avait transpercé, de même que l'image d'Amon-Rama qui s'y trouvait. Le silence fut rompu uniquement par de légers tintements lorsque des fragments du miroir brisé tombèrent sur le sol de cristal. Tous les miroirs encore intacts ne renvoyaient à présent que des reflets normaux. Le singe avait disparu, comme s'il n'avait jamais existé, bien que les blessures de Conan fussent un cuisant témoignage de sa réalité passée.

Derrière le miroir, le visage à la bouche béante et au nez crochu était métamorphosé par l'incrédulité, et ses yeux noirs luisaient de haine. Une coulée de lumière suinta du point où la lame pénétrait la robe du mage, glissa le long de l'épée, et explosa en projetant Conan au loin. Le Cimmérien secoua la tête et se releva, hébété, à l'instant où Amon-Rama sortait du miroir dont la surface s'enflait autour de lui, puis s'évaporait.

Le nécromancien n'accorda aucun regard à Conan. Il toucha l'épée qui saillait de sa poitrine, comme pour se convaincre de sa réalité, puis il se dirigea vers la gemme pourpre d'un pas chancelant.

– C'est impossible, murmurait le Stygien. J'aurais été Tout-Puissant. Tout-Puissant...

Sa main se referma sur la pierre luminescente, et le hurlement qu'il poussa rendit tous les autres sons comparables à des murmures. Une lueur écarlate enfla entre ses doigts, de plus en plus vive, jusqu'au moment où sa main parut avoir elle-même acquis cette couleur.

– Crom! murmura Conan en comprenant que la main était *devenue* pourpre.

Cela remonta le long de son bras et se répandit dans

tout son corps. Amon-Rama devint une statue de sang qui gémissait toujours, puis il s'effondra en une mare sanglante qui se mit à bouillonner. Des vapeurs vermillon s'en élevèrent, jusqu'au moment où il ne subsista plus rien, à l'exception de l'épée qui reposait sur le sol et de la gemme qui flottait à présent dans les airs.

Sans quitter du regard la pierre pourpre qui demeurait en suspension au-dessus de son épée, Conan la récupéra prudemment. La poignée couverte de cuir était chaude, mais l'arme paraissait intacte. Rapidement, il se recula de la pierre maléfique, parcouru de frissons. Il avait failli de peu toucher la chose maudite, avant qu'Amon-Rama n'eût entamé son jeu fatal.

Avec un craquement assourdissant, un autre miroir se brisa et ses compagnons se précipitèrent dans la salle.

– ... Je vous l'avais bien dit, déclarait Akiro. La mort du sorcier a rendu ses sortilèges inopérants.

– Par les Yeux en pleurs de Ravana, disait Malak avec mépris. Si tu estimes qu'il a eu de la chance, tu te trompes. Ce Stygien aurait dû réfléchir à deux fois, avant de s'en prendre à Malak et Conan.

Akiro reporta son attention sur le Cimmérien.

– Un jour, la chance t'abandonnera, et que se passera-t-il ?

– Avez-vous vu ? demanda Conan.

Akiro hocha la tête et Zula frissonna.

– Ce singe, murmura-t-elle en regardant autour d'elle, comme si elle craignait qu'il ne se fût simplement caché quelque part.

– Il s'est évaporé, dit Conan. Allons chercher Jehnna et cette maudite clé, et ensuite partons.

Comme à l'appel de son nom, Jehnna sortit du miroir derrière lequel s'était tenu Amon-Rama. Au delà s'étendaient des ténèbres rendues encore plus profondes par le cristal miroitant et les miroirs. Sans regarder personne, elle se dirigea lentement vers la gemme rouge qui flottait toujours au centre de la salle.

– Non ! s'écrièrent à l'unisson Conan et Bombatta.

Mais avant que l'un d'eux eût pu faire le moindre geste, elle prit la pierre dans ses mains.

– Le Cœur d'Ahriman, dit-elle en souriant. C'est la clé, Conan.

– Cela ?

Conan fut interrompu par un grondement qui ébranlait le sol. Les murs tremblèrent, et des craquements inquiétants se firent entendre.

– J'aurais dû m'en douter, déclara pensivement Akiro. Amon-Rama maintenait la cohésion de tout ceci et, à présent qu'il est mort... (Il s'interrompit brusquement pour porter un regard irrité sur ses compagnons.) Alors ? Etes-vous sourds ? Courez, ou nous connaîtrons le même sort que le Stygien !

Comme pour ponctuer ses dires, une autre secousse ébranla le palais.

– Le puits ! ordonna Conan.

Cependant, la perspective d'y plonger alors que le palais risquait de s'effondrer sur eux ne l'enthousiasmait guère.

Akiro secoua la tête.

– Laissez-moi vous montrer ce dont je suis capable, à présent qu'Amon-Rama n'entrave plus mes efforts. (Il adressa à Malak un regard lourd de sous-entendus.) Regardez.

Il récita des incantations silencieuses et traça d'étranges symboles avec les bras, puis il fit claquer ses paumes et la sphère ignée qui en jaillit alla frapper un mur de miroirs. Contrairement à ce qui s'était passé la fois précédente, il n'y eut aucune explosion. La sphère de feu s'étala et creusa la paroi, comme les flammes d'une braise ardente sur un parchemin. Elle s'éteignit presque aussitôt, laissant derrière elle une ouverture arrondie fondue dans le mur de cristal.

– Voilà. Malak, as-tu déjà assisté à un plus grand prodige ?

– Nous nous gargariserons plus tard de nos exploits, dit Conan en prenant le bras de Jehnna.

Nul n'hésita un seul instant à le suivre dans le passage qu'Akiro venait de leur ouvrir.

Ils coururent le long d'un couloir miroitant à la beauté éthérée et, lorsqu'une courbe les éloigna de la direction qu'ils souhaitaient suivre, Akiro fendit une autre ouverture dans le cristal scintillant. Les secousses étaient à présent de plus en plus rapprochées, et devinrent une vibration continue. Des décorations à la beauté surnaturelle se brisaient, des murs s'effondraient en blocs de cristal et à deux reprises des sections complètes du plafond tombèrent derrière eux.

Puis la magie d'Akiro leur ouvrit un nouveau passage et ils se retrouvèrent sur le quai. Le lac était agité et des vagues écumantes s'éloignaient du palais. Conan tira l'embarcation de peau, alourdie par l'armure que Bombatta y avait déjà placée. Lorsqu'elle fut à flot, Conan aida Jehnna à s'y installer puis retint le canot contre le quai pour empêcher le guerrier balafré de prendre le large avant que les autres fussent à bord.

Finalement, Conan sauta dans l'embarcation et prit une pagaie.

– Maintenant, gronda-t-il à Bombatta.

L'homme obtempéra sans répondre.

Derrière eux, le palais de cristal miroitait de toutes les nuances de l'arc-en-ciel. Des éclairs partaient des tours, pour s'élever dans un ciel sans nuages.

– Plus vite ! les pressa Akiro. Plus vite !

Il adressa un regard menaçant à Conan et Bombatta, qui pagayaient de toutes leurs forces. Il grommela. Laissant ses mains traîner dans l'eau, le sorcier entama des incantations et lentement les flots s'enflèrent sous l'embarcation. La vague les poussa et emporta le frêle esquif plus rapidement que les coups de pagaie. Malak se mit à prier les dieux de tous les panthéons connus.

– Trop de magie, marmonna Conan.

– Peut-être préfères-tu attendre que...

Au sein d'un grondement assourdissant, le palais de cristal explosa. Un souffle violent fouetta leurs dos, puis la vague qui les portait fut rattrapée et engloutie par un véritable raz-de-marée. Le canot fut emporté sur le lac et Conan utilisa sa pagaie pour tenter de maintenir leur stabilité. S'ils chaviraient dans cette muraille liquide, nul ne pourrait survivre.

La plage de sable noir se rapprocha à une rapidité inouïe, puis disparut sous la vague. Brusquement, la proue de l'embarcation heurta la pente du cratère et le canot se retourna en catapultant ses passagers dans les flots écumants.

Conan parvint à se relever, malgré le ressac qui tentait d'entraîner ses jambes. Jehnna, qui n'avait pu y résister, passa près du Cimmérien qui saisit sa robe et l'attira vers lui. La jeune fille s'agrippa à son cou, le souffle court, alors que l'eau se retirait en les laissant sur la pente du cratère.

– Vous n'êtes pas blessée? lui demanda-t-il.

Elle secoua la tête, puis leva son autre main.

– Et je n'ai pas perdu la clé.

Une luminescence rougeâtre irradiait de ses doigts.

Le Cimmérien frissonna et ne la retint pas lorsqu'elle s'écarta de lui pour sortir de sa robe un sac de velours noir, dans lequel elle glissa la gemme.

Conan secoua la tête. Plus ce voyage se poursuivait, moins la situation lui plaisait. Et cependant... sa main se referma sur l'amulette d'or que Valéria lui avait donnée... et cependant, il devait aller jusqu'au bout.

Il fut surpris de constater que tous ses compagnons étaient vivants et debout, bien que ruisselants et dépenaillés. La peur avait fait fuir les chevaux malgré leurs entraves, et ils se tenaient plus haut sur la pente. En contrebas se trouvaient les vestiges de leur campement. Leur marmite avait été emportée, de même que la moitié des outres. Une seule couverture était encore visible au sein des roseaux.

Sur l'autre rive, le palais de cristal avait été remplacé

par une immense cavité que les eaux du lac emplissaient rapidement. Akiro fixait l'excavation avec tristesse.

– Tout cela était le fruit de sa volonté, dit-il. C'était prodigieux.

– Prodigieux ? répéta Zula avec incrédulité. Prodigieux ?

– Je préférerais repartir sans attendre, déclara Jehnna. Et à présent que je détiens la clé, je suis attirée par le trésor.

Bombatta vint rapidement vers elle et adressa des regards menaçants à Zula et Conan, comme s'ils représentaient pour elle le plus grave des dangers.

Malak se frotta les mains et baissa la voix pour s'adresser discrètement à Conan.

– Un trésor. Je préfère entendre parler de cela que de sorciers. Nous pourrons nous servir, non ? Nous serons bientôt de retour à Shadizar, où nous vivrons comme des rois.

– Bientôt, approuva Conan.

Il porta un regard troublé sur Jehnna, et sa main se serra sur l'amulette avec tant de force que le dragon d'or pénétra dans sa paume.

– Bientôt.

14

Ils se dirigeaient vers le sud, et les montagnes grises étaient percées d'une centaine d'étroites vallées et d'une succession infinie de cols exigus propices aux embuscades, mais Conan ne pouvait détacher ses pensées des bandages imbibés d'onguents à l'odeur nauséabonde qui couvraient ses blessures. Il soupçonnait les remèdes d'Akiro d'être pires que les maux qu'ils étaient censés guérir. Outre la puanteur, les démangeaisons étaient insupportables. Discrètement, il gratta les bandes de toile qui couvraient sa poitrine.

— Non! s'empressa d'ordonner Jehnna. Akiro a dit qu'il ne fallait pas les toucher.

— Ce sont des sottises, grommela Conan. On m'a déjà infligé de telles égratignures. Il suffit de les laver, puis de les laisser sécher. Rien d'autre n'a jamais été nécessaire.

— Ce ne sont pas des égratignures!

— Sans parler de la puanteur.

— Cette senteur d'herbes est plaisante. Je commence à me demander si vous avez suffisamment de bon sens pour vous occuper de vous-même. Ne touchez pas à ces pansements. Akiro affirme que l'onguent cicatrisera les plaies en seulement deux jours. Il m'a demandé de veiller sur vous, même si je ne peux croire que ce soit nécessaire.

Conan pivota sur la selle pour foudroyer du regard le sorcier, mais Akiro le fixa calmement. Malak et Zula étaient visiblement amusés, mais l'expression de Bombatta indiquait clairement qu'il n'aurait pas versé de larmes si les blessures infligées par la créature simiesque s'étaient avérées mortelles.

— Vous n'êtes qu'un ingrat, lui reprocha Jehnna. Akiro fait tout son possible pour vous soigner, et vous...

— Bonté mitriaque, vous ne pouvez donc pas changer de sujet?

Elle parut blessée par ses propos.

— Pardonnez-moi, dit-elle avant de se laisser distancer.

Malak la remplaça auprès du Cimmérien.

— Il m'arrive de croire que j'aimais mieux cette fille lorsqu'elle était effrayée par son ombre, lui déclara Conan.

— Pour ma part, je les préfère plus en chair, répondit Malak. Mais attention, ce n'est pas de Jehnna que je veux parler. Sais-tu où nous sommes?

— Je le sais.

– Alors, pourquoi ne prends-tu pas une autre route? La main d'Inti est sur nous! Dans moins d'une lieue nous atteindrons le village où nous avons trouvé Zula, et ses habitants ne seront guère heureux de nous revoir, Cimmérien. Nous pourrons remercier les dieux s'ils ne nous accueillent pas avec une volée de flèches.

– Je sais, répondit Conan avant d'étudier Jehnna par-dessus son épaule.

Elle restait tête baissée, et le capuchon de son manteau dissimulait son visage.

– Devrons-nous revenir jusqu'au village? lui cria-t-il.

Jehnna sursauta, en cillant.

– Quoi? Quel village? (Elle regarda autour d'elle puis désigna un col situé à l'est, entre deux pics couronnés de neige.) Il faut suivre cette route.

– Les dieux soient loués! soupira Malak avec soulagement.

Au même instant, une quarantaine de cavaliers corinthiens fondirent sur eux en brandissant leurs épées.

Conan ne gaspilla pas son souffle en jurons. Son épée apparut dans sa main juste à temps pour parer un coup qui eût fendu son crâne. Du pied, il désarçonna un second Corinthien tout en ouvrant la gorge du premier assaillant. Il vit Malak se baisser pour planter sa dague sous une cuirasse, puis un autre cavalier l'attaqua.

– Conan! entendit-il alors même qu'il engageait le combat. Conan!

Le seul regard que le Cimmérien put lancer en direction du point d'origine de ce cri lui coupa le souffle. Un soldat tenait Jehnna par les cheveux, en riant, et leurs deux montures dansaient en cercle. Seule la prise frénétique qu'elle conservait sur le pommeau de sa selle l'empêchait d'être désarçonnée.

Et lorsque Conan reporta son regard sur son assaillant, le Corinthien se figea en découvrant ce qu'annonçaient les yeux saphir du Cimmérien : sa propre mort.

L'homme savait se servir de sa longue épée de cavalerie, mais la fureur du nordique ne lui laissait aucun espoir. Leurs lames se heurtèrent à trois reprises, puis Conan se détourna d'un cadavre ensanglanté qui s'effondrait sur le sol.

Au galop, Conan revint vers Jehnna. Elle ne se retenait plus que d'une seule main au pommeau de sa selle et l'autre était refermée sur le poing qui emprisonnait ses cheveux. Les chevaux caracolaient et valsaient, et le Corinthien riait à gorge déployée.

– Qu'Erlick t'emporte, chien ! gronda Conan.

Il se dressa sur ses étriers afin de transmettre à son épée toute la puissance de son corps.

Sa rage était telle qu'il perçut à peine l'impact de la lame qui tranchait la gorge du soldat. Bouche figée dans un rire éternel, la tête du Corinthien se sépara de ses épaules et une fontaine de sang jaillit de son torse. Il demeura droit pendant encore quelques instants, puis roula sur la croupe de sa monture. Ses doigts lâchèrent la chevelure de Jehnna, qui s'affaissa sur le pommeau de sa selle pour sangloter et fixer avec des yeux exorbités le corps décapité que piétinait son cheval.

Conan étudia la situation sur le champ de bataille. Malak, monté sur un des petits chevaux corinthiens, sauta sur une autre monture et saisit le cimier rouge de son cavalier pour tirer sa tête en arrière et l'égorger. Eclairs et grondements accompagnaient Akiro. Chaque fois que le sorcier trouvait le temps de reprendre haleine, il entamait la série de gestes rituels nécessaires à des sortilèges plus efficaces, mais aussitôt des cavaliers se rapprochaient de lui. En proférant des malédictions, il les intimidait par un éclair et le grondement du tonnerre. Cependant, déflagrations et détonations assourdissantes ne blessaient personne, et le vieil homme n'avait pas le temps d'effectuer d'autres tours de magie. Zula et Bombatta tentaient de protéger

Jehnna, mais ils avaient déjà fort à faire pour repousser leurs adversaires.

En raison de leur nombre, il était logique que les morts Corinthiens fussent nombreux, mais cela rendait certaine la victoire des cavaliers au cimier rouge. Et Conan jugeait stupide de mourir en héros lorsqu'il existait d'autres solutions.

— Fuyez ! rugit-il.

Deux cavaliers se rapprochèrent du Cimmérien. Son épée tournoya et trancha le bras d'un homme, avant de pénétrer profondément dans l'épaule de l'autre. Conan libéra la lame sans cesser de crier.

— Fuyez ! Ils sont trop nombreux ! Fuyez !

Saisissant les rênes de la monture de Jehnna, il piqua des deux en direction du col étroit qu'elle avait désigné quelques instants plus tôt.

Trois Corinthiens éperonnèrent leur monture pour venir leur barrer le passage et sourirent en constatant que le Cimmérien ne faisait pas tourner bride à son cheval. Puis ils parurent sidérés de voir l'homme galoper droit sur eux. Son grand étalon zamoréen renversa la monture plus petite d'un Corinthien qui hurla comme le cheval roulait sur lui et l'écrasait sur le sol pierreux.

Ses compagnons renoncèrent à attaquer pour se défendre. Gêné par la monture de Jehnna qu'il tirait derrière la sienne, Conan savait qu'il aurait fort à faire simplement pour s'ouvrir un passage. Avec méthode et calme, il leur apprit leur erreur fatale. Il laissa derrière lui deux cadavres, et un Corinthien qui hurlait et crachait du sang.

Il gardait les yeux rivés sur le col, et s'interdisait de regarder derrière lui. Même s'il avait vu un de ses compagnons en danger, il n'aurait pu revenir l'assister.

Il fallait conduire Jehnna jusqu'au trésor, puis la ramener à Shadizar. Pour Valéria. Quoi qu'il en soit, il ne pouvait abandonner la jeune fille. Un cavalier qui s'éloignerait du champ de bataille lui aurait tranché la gorge ou l'aurait entraînée derrière un rocher. Les dents serrées, il poursuivit sa fuite en essayant de rester sourd aux rumeurs du combat.

15

L'ombre des montagnes apportait une nuance pourpre aux vallées, lorsque Conan arrêta finalement sa monture. Leurs chevaux ne pouvaient avancer éternellement, même à une allure modérée, et il désirait trouver un lieu où camper pour la nuit.

Il se tourna vers Jehnna, dont le visage était un masque de poussière strié par les larmes. Elle restait silencieuse et s'agrippait des deux mains à sa selle, ne semblant pas souhaiter reprendre ses rênes. Elle avait répondu aux rares commentaires de Conan en hochant simplement la tête, et se contentait à présent de le fixer. Cela finissait par le rendre nerveux. Si le fait de se trouver au cœur d'une bataille lui avait fait perdre la raison...

– Comment allez-vous? demanda-t-il sèchement. Alors? Répondez, jeune fille!

– Vous avez été... terrifiant. Ils ne semblaient pas avoir des épées, mais de simples baguettes...

– Ce n'était ni un divertissement, ni le jeu auquel vous semblez toujours assimiler ce voyage.

Tout en se demandant pourquoi il était à ce point irrité, il cherchait un emplacement où dormir.

– Je n'avais jamais assisté à une chose pareille, ajouta-t-elle. Le sauvetage de Zula dans ce village, ou ce qui s'est passé près de la cabane d'Akiro, tout cela était différent. Je... je me suis tenue à l'écart. C'était comme un spectacle auquel j'assistais de loin.

– Des hommes ont perdu la vie, au cours de ces... spectacles. Si j'estime nos existences plus précieuses que les leurs, cela ne change rien. Personne ne devrait mourir sans raisons valables.

Il remarqua un emplacement. Une dizaine de hauts rochers étaient regroupés au bas d'une pente escarpée. Il se dirigea vers eux.

– Je n'avais pas l'intention de vous irriter, Conan.

– Je ne suis pas irrité.

Il guida le cheval de Jehnna entre deux rochers juste assez éloignés l'un de l'autre pour autoriser leur passage, et trouva un espace suffisamment grand pour eux et leurs montures entre les blocs de pierre et la pente abrupte. Ces roches les protégeraient des vents et, chose plus importante, des regards. Il mit pied à terre et aida Jehnna à l'imiter, puis il entreprit de desseller les chevaux.

– Faites un feu, dit-elle en serrant son manteau contre son corps. J'ai froid.

– C'est hors de question, lui rétorqua-t-il. Tenez.

Il lui lança les couvertures de selle.

– Elles puent.

Mais comme il s'accroupissait pour faire l'inventaire de leurs maigres réserves, il nota qu'elle les avait mises sur ses épaules.

Une outre et un sac empli de mouton séché étaient attachés à sa selle mais, s'ils avaient suffisamment de viande pour plusieurs jours, l'eau risquait de manquer. L'outre n'était qu'à moitié pleine.

– Croyez-vous qu'ils s'en sont tirés ? demanda-t-elle brusquement. Je veux parler de nos compagnons.

– Peut-être.

Il arracha le bandage qui entourait son crâne et entreprit de défaire celui couvrant sa poitrine.

– Non, s'écria Jehnna. Vous devez les garder. Akiro a dit...

– Akiro et les autres sont peut-être morts à cause de cela... par ma faute.

Il utilisa les bandes de toile pour essuyer l'onguent graisseux, et fut surpris de découvrir que ses blessures s'étaient réduites à de fines lignes rosâtres légèrement renflées.

– Je pensais à ceci, aux démangeaisons et à la puanteur. Si je n'avais pas été absorbé à ce point, les Corinthiens n'auraient pu nous surprendre aussi aisément.

Il jura et jeta au loin les bandes d'étoffe.

– Vous n'êtes pas responsable, protesta-t-elle. C'est moi. Je boudais comme une enfant, alors que j'aurais dû vous indiquer la route à suivre. Si je l'avais fait, nous aurions obliqué avant cette attaque.

– C'est ridicule, Jehnna. Vous n'auriez pu voir notre route que quelques instants plus tôt, et les Corinthiens nous auraient chargés aussitôt.

Il mâchonna une fine tranche de mouton séché, aussi coriace et insipide que du cuir.

– Je n'aurais peut-être rien pu faire de plus, dit-elle finalement. Mais je comprends votre point de vue. Comme vous êtes capable de voir à travers la pierre, vous auriez pu nous mettre en garde. Il est merveilleux de savoir que nous avions deux sorciers avec nous. Mais pourquoi ne pas nous avoir donné des ailes, pour nous permettre de fuir par la voie des airs ?

Conan s'étrangla et la fixa avec colère, mais elle le regardait avec innocence. Il estima qu'elle pensait peut-être ce qu'elle venait de dire, qu'elle croyait vraiment qu'il... Non ! Il n'était pas stupide au point d'admettre une chose pareille. Il alla pour lancer une repartie cinglante, mais se retint en comprenant que tout ce qu'il pourrait dire ne ferait que confirmer sa propre stupidité.

– Mangez, dit-il en lançant le sac de viande séchée à ses pieds.

Le ciel s'obscurcissait et un crépuscule améthyste assombrissait les montagnes. Jehnna acheva son repas frugal puis chercha un point confortable sur le sol pierreux. Elle remonta ses couvertures, puis se plaignit.

– J'ai froid, Conan. Faites quelque chose.

– Pas de feu. Vous avez des couvertures.

– En ce cas, venez vous coucher près de moi. Si vous me refusez la chaleur des flammes, accordez-moi au moins celle de votre corps.

Conan la fixa. Plus ingénue qu'une enfant, pensa-t-il.

– Impossible. Je ne peux pas.

– Pourquoi ? Je suis transie de froid. Ma tante ne vous a-t-elle pas chargé de veiller à mon confort ?

Conan rit et gémit à la fois. Elle avait demandé à un loup de protéger un agneau innocent ! Il secoua la tête, pour en chasser des pensées indésirables.

– Lorsque vous serez de retour à Shadizar, il faudra vous méfier de Taramis, Jehnna.

– De ma tante ? Mais pourquoi ?

– Rien de précis. Mais les rois et les reines, les princes et les princesses ne se basent pas sur les mêmes critères que les gens du commun. Ils ne font pas la distinction entre le bien et le mal de la même manière.

– Dites-vous cela à cause de mon rêve ? Bombatta avait raison. Ce n'était qu'un cauchemar, Conan. Qui aurait pu avoir un sommeil paisible, dans ce lieu sinistre ? Taramis m'aime. Elle veille sur moi depuis mon enfance.

– Si vous avez un jour besoin d'aide, envoyez un messager à la taverne d'Abulettes, à Shadizar, et je viendrai. Je connais de nombreux endroits où vous serez en sécurité.

– Je n'y manquerai pas, dit-elle, tout en sachant qu'elle n'aurait jamais besoin de le faire. Mais j'ai toujours froid.

Elle sourit et souleva un angle de la couverture.

Le Cimmérien hésita puis, en se disant que la fraîcheur semblait effectivement augmenter et que partager leur chaleur n'avait rien de répréhensible, il ôta son ceinturon et alla s'asseoir à côté d'elle. Elle voulut couvrir ses épaules avec les couvertures et une partie de son manteau, et Conan prit conscience qu'elle se collait contre lui. Instinctivement, il passa un bras autour de son corps. Sa main se posa sur la courbe chaude de sa hanche, effleura la douce tiédeur d'un sein, puis s'immobilisa dans le creux de sa taille.

– Il fait plus chaud que je ne l'aurais cru, murmura-t-il. Je devrais peut-être m'écarter.

Et il se demanda quelle maîtrise de soi les dieux pouvaient exiger d'un simple mortel.

Jehnna se pelotonna contre lui et toucha du doigt l'amulette suspendue à son cou.

– Parlez-moi de Valéria. (Il se raidit et elle releva le regard vers son visage.) Je vous ai entendu parler d'elle à Malak, ainsi qu'à Akiro. Je ne suis pas sourde, Conan. Quel genre de femme était-elle ?

– Une femme parmi des milliers, mais unique en son genre. Elle était une guerrière, une amie, une compagne...

– ... et une maîtresse ? suggéra-t-elle en constatant qu'il n'achevait pas sa phrase. Reste-t-il dans votre existence suffisamment de place pour une autre femme ?

Il se demanda comment lui expliquer la nature de leurs rapports. Valéria... cette femme qui n'était ni possessive ni possédée, et qui pouvait venir partager sa couche avec la passion d'une tigresse pour l'éveiller deux heures plus tard afin qu'il pût admirer une jolie servante.

– Il existe certaines choses que vous ne pourriez comprendre, Jehnna.

– J'en sais plus que vous croyez, rétorqua-t-elle avec emportement. J'ai eu avec Zula de longues discussions sur les façons de... se comporter avec un homme.

Brusquement, elle saisit la main de Conan et la glissa sous sa robe. Les doigts de l'homme se refermèrent sur la douce chaleur d'un sein.

– Vous ne savez pas ce que vous faites, dit-il d'une voix rauque.

Il n'avait pas achevé sa phrase qu'elle se jetait sur lui. Si grande fut sa surprise qu'il bascula en arrière et se retrouva couché sous son corps.

– Alors, apprenez-moi, murmura-t-elle.

Et des lèvres de miel chassèrent toute pensée rationnelle de son esprit.

Le vent froid de la nuit qui soufflait sur Shadizar semblait vouloir emporter la corruption de cette cité.

Pour Taramis, il s'agissait d'un présage annonçant la disparition des anciennes coutumes et l'avènement d'une ère nouvelle. Sa robe bleu ciel et or avait justement été choisie pour symboliser ce renouveau.

Elle parcourut du regard la cour où elle se trouvait. Dallée de larges blocs de marbre poli, elle était entourée de colonnes d'albâtre. Les balcons qui la surplombaient étaient déserts et nulle lumière n'apparaissait derrière les fenêtres. Les gardes du palais veillaient à ce que nul esclave ne pût voir ce qui se passait.

Devant elle se trouvait Dagoth, allongé sur la banquette de marbre rouge. Plus parfait qu'aucun mortel, pensa-t-elle. Les prêtres de la nouvelle religion, ou de l'ancienne foi ressuscitée, formaient un cercle autour de Taramis et du Dieu Endormi. Leurs robes d'or scintillantes descendaient jusqu'à leurs sandales, et ils portaient tous des couronnes d'or qui formaient une pointe au-dessus d'un sourcil et d'un œil ouvert : les symboles indiquant qu'en dépit de son sommeil ils ne dormaient jamais au service de leur dieu.

La couronne à la pointe la plus haute était portée par un prêtre qui se tenait à la droite de Taramis : un homme à la longue barbe neigeuse dont le visage parcheminé évoquait une douceur bienveillante. Son long bâton d'or était surmonté d'un diamant bleu sculpté en forme d'œil, deux fois plus gros que celui d'un être humain. Il s'agissait de Xantéres, le grand prêtre. Et il était effectivement le plus grand, après elle-même, pensa Taramis.

— C'est la troisième nuit, dit-elle brusquement, et un soupir d'exultation s'éleva du cercle de prêtres. La troisième nuit qui précède celle de l'Eveil.

– Bénie soit la Nuit de l'Eveil, entonnèrent les prêtres.

– Le Dieu Endormi ne mourra jamais, dit-elle.

– La foi est plus forte que la mort !

Taramis tendit ses bras en croix.

– L'heure est venue d'oindre notre dieu avec la première de ses onctions.

– Gloire à celle qui oint le Dieu Endormi, psalmodièrent-ils.

Le chant des flûtes s'éleva faiblement et lentement, puis le rythme s'accéléra et les sons montèrent dans les aigus. Deux autres prêtres arrivèrent, encadrant une jeune fille aux cheveux noirs tressés ramenés autour de son crâne et au corps drapé d'une robe d'un blanc immaculé. Arrivés à la hauteur du cercle, les deux prêtres lui retirèrent sa robe et elle s'avança seule vers Dagoth. Ses yeux, rivés sur le corps du dieu, traduisaient de l'extase. Taramis et Xantéres vinrent se placer à ses côtés.

– Aniya, dit Taramis à la jeune fille nue qui détourna à regret le regard du Dieu Endormi. Entre toutes tes sœurs, tu es la première à avoir été choisie pour ta pureté.

– C'est un honneur incommensurable, murmura Aniya.

– A ta naissance, tu as été consacrée au Dieu Endormi. Acceptes-tu librement de le servir ?

Taramis connaissait la réponse avant même qu'une lueur d'extase n'apparût dans les yeux d'Aniya. La princesse avait longuement et soigneusement conditionné la jeune fille.

– J'implore de le servir.

Le chant des flûtes était devenu frénétique.

– Ô grand Dagoth ! cria Taramis. Accepte cette offrande et ce gage. Accepte ta première onction, en attendant la Nuit de ton Retour.

L'expression toujours aussi bienveillante, Xantéres referma ses doigts dans la chevelure d'Aniya. Le grand prêtre inclina sa tête vers la statue d'albâtre, puis la ramena en arrière. Il sortit de sa robe un couteau à la lame dorée et l'abaissa vers le cou de la jeune fille. Une fontaine écarlate éclaboussa le visage du dieu.

– Ô grand Dagoth ! reprirent en chœur les prêtres. Accepte l'onction de tes serviteurs !

Taramis tomba à genoux et baissa la tête vers le sol, imitée par les prêtres.

– Ô grand Dagoth ! Tes serviteurs attendent la Nuit de ta Venue ! J'attends la Nuit de ta Venue !

Le chœur des prêtres reprit à l'unisson :

– Ô grand Dagoth ! Tes serviteurs attendent la Nuit de ta Venue !

Aniya fut agitée d'un ultime soubresaut puis demeura immobile, oubliée de tous. Ses yeux vitreux fixaient sans la voir la mare que son sang formait sur les dalles claires.

16

Le cheval choisissait son chemin sur le sol pierreux de la vallée, et son cavalier gardait un visage de marbre. Conan se concentrait sur le chemin qu'ils suivaient et tentait de chasser toute autre pensée.

– Nous devons continuer, lui dit Jehnna. Je connais le chemin, et il faut poursuivre notre route.

Il attendit d'avoir franchi un défilé donnant accès à une autre vallée, avant de répondre.

– Je veux vous ramener saine et sauve à Shadizar. Nous y serons dans deux jours. Un seul, si nous ne ménageons pas nos montures.

Depuis ces hauteurs, il voyait la plaine zamoréenne. Shadizar se trouvait à deux jours de cheval. Et il bannissait toute autre pensée.

– Je ne peux échapper à mon destin ! protesta-t-elle.

– Votre destin n'est pas de mourir dans ces montagnes. Je vais vous ramener au palais de votre tante.

– On ne peut modifier ce qui est écrit!

– Qu'Erlick emporte les prophéties! grommela-t-il.

– Et Valéria? demanda-t-elle en venant à son côté. Oui, j'ai également entendu cela. Je sais quelle récompense ma tante vous a promise.

Au prix d'un violent effort, Conan parvint à garder un visage inexpressif. Une dette devait être remboursée, quel qu'en fût le prix. Mais le débiteur, c'était lui, et non Jehnna.

– Comment pourrais-je vous protéger, si vous recherchez le danger? Peut-être croyez-vous que personne ne garde ce trésor?

– Valéria...

– Elle refuserait que je troque votre vie contre la sienne. Maintenant, taisez-vous et suivez-moi.

Sans rien répondre, elle marmonna à voix basse. Préoccupé, Conan refusait de tenir compte de sa colère.

– C'est là, dit-elle brusquement. Je le sais, Conan. Nous devons aller là-bas. Je vous en supplie!

A son corps défendant, Conan regarda dans la direction qu'elle lui indiquait. La montagne aux pentes grises n'était pas élevée mais, à proximité de sa base, ses flancs de pierre se scindaient pour former des centaines de doigts et de tours de granit. Jehnna avait employé le terme de labyrinthe en se référant à leur voyage, et il s'agissait effectivement d'un dédale dans lequel une armée pouvait s'être dissimulée pour les attendre. Les Karpash étaient trop dangereux pour une jeune fille, même si le trésor se trouvait au delà. Ils les contourneraient par le sud, décida-t-il.

– Conan!

Il resta sourd à cet appel.

– Conan!

Brusquement, il prit conscience que ce n'était pas la voix de Jehnna et sa main se porta à son épée. Que celui qui avait crié connût son nom ne signifiait rien.

Puis un cheval apparut derrière un repli du terrain. Il portait une selle corinthienne et un petit cavalier aux yeux noirs.

– Malak ! s'écria Conan avec un large sourire. Je craignais que tu ne sois mort.

– Non, je suis trop beau pour mourir.

Derrière lui arrivaient Bombatta et Zula, puis Akiro qui se plaignait de ses vieux os. La Noire vint droit vers Jehnna, et les deux femmes se rapprochèrent pour parler à voix basse.

– Que s'est-il passé, avec les Corinthiens ? demanda Conan. Et comment avez-vous fait pour nous retrouver ?

Akiro allait ouvrir la bouche, mais Malak le prit de vitesse.

– Lorsqu'ils vous ont vus filer, la moitié de ces imbéciles se sont lancés à votre poursuite en hurlant qu'ils seraient les premiers à s'envoyer la fille. Ne me regarde pas comme ça ! Mitra, je cite simplement leurs paroles. Quoi qu'il en soit, le fait qu'ils soient moins nombreux a permis à Akiro de se mettre à l'ouvrage. Explique-lui, Akiro.

Le sorcier ouvrit à nouveau la bouche.

– Il a fait apparaître un tigre, ajouta Malak en riant. Aussi gros qu'un éléphant. Fidesa m'en soit témoin ! Les chevaux sont devenus fous de terreur.

Notant le regard menaçant du sorcier, il déclara :

– Raconte-lui la suite, Akiro.

– C'était une bien piètre illusion, put finalement expliquer le sorcier. J'étais pressé par le temps et cette créature n'était même pas animée. Elle possédait simplement une forme et une odeur, mais leurs chevaux ont pris peur et cela nous a permis de nous échapper. Sans le cheval de bât, comme tu peux le constater.

Au goût de Conan, la magie prenait une trop grande place dans ce voyage. Cependant, il ne pouvait s'en plaindre dès l'instant où elle avait sauvé ses amis.

– Vous avez eu de la chance de nous retrouver, déclara Conan.

Malak allait parler, mais s'en abstint en notant le regard d'Akiro.

– Ce n'est pas la chance, mais ceci.

Le sorcier lui présenta un cordon de cuir auquel était suspendue une pierre sculptée. D'un mouvement du poignet, il lui imprima une rotation, mais le cercle s'allongea et se rétrécit presque aussitôt et le pendule se balança en direction de Conan.

Le Cimmérien prit une profonde inspiration. Un autre tour de magie.

– Je n'aime guère que ces choses soient associées à ma personne.

– Pas à ton corps, mais à l'amulette. Un tel objet est bien moins complexe qu'une personne vivante, et si j'avais disposé d'une mèche de tes cheveux, ou des vêtements que tu as portés, je t'aurais retrouvé plus rapidement.

– Crom ! murmura Conan.

Il n'eût jamais confié une mèche de cheveux à un sorcier, même s'il se disait son ami.

– Avec seulement un objet inanimé pour l'attirer, continuait Akiro, le cercle ne s'est tout d'abord presque pas déformé. Il était très difficile de relever une direction. C'était un peu comme de chercher son chemin à tâtons, dans une demeure plongée dans l'obscurité.

– Et Bombatta refusait de le suivre, ne put s'empêcher de préciser Malak. Il disait qu'on ne pouvait faire confiance à Akiro.

– C'est exact, approuva le sorcier. Il commençait à m'irriter sérieusement.

Assis sur son cheval, Bombatta foudroyait tour à tour du regard Conan et Jehnna.

– Vous a-t-il fait du mal, Jehnna ? grommela-t-il finalement.

La jeune fille releva les yeux, surprise qu'il eût interrompu sa conversation avec Zula.

– Quoi ? Que veux-tu dire, Bombatta ? Conan me protège, tout comme toi.

Sa réponse ne sembla pas satisfaire le guerrier qui regarda Akiro, hésita, puis déclara :

– Sorcier, je dois savoir si elle est toujours innocente.

– Bombatta ! protesta Jehnna.

– Ce ne sont pas des questions que l'on pose ou auxquelles on répond, gronda Zula.

– Dis-moi la vérité, sorcier, insista Bombatta. Nos vies et bien plus en dépendent.

Akiro fit une moue, puis hocha lentement la tête.

– Elle est innocente. Je perçois cela fortement et je suis surpris que les autres n'en aient pas conscience.

Alors que Bombatta s'affaissait avec un soupir de soulagement, le mage replet dirigea sa monture vers celle de Conan et baissa la voix.

– L'innocence est une chose de l'esprit et non de la chair, comme j'ai déjà eu l'occasion de le préciser.

– Tu fouilles dans les esprits, murmura Conan en rougissant. Je t'interdis d'employer ta magie sur moi.

– Utilise la potion que je t'ai remise, lui conseilla Akiro. Bois-la et partons loin d'ici. Prends la fille, si tu veux. Je suis certain qu'elle se laissera convaincre. Dans une ou deux nuits tu n'auras plus rien à gagner, Cimmérien, hormis des blessures que l'on ne peut ni montrer ni soigner.

Conan se renfrogna, refusant de céder à la tentation de toucher sa bourse pour s'assurer que la fiole s'y trouvait toujours. Valéria, et une dette toujours en suspens. Il prit conscience que Jehnna parlait de lui.

– Il refuse de m'y conduire, mais je sais que le trésor est là. Je le sais !

Bombatta tourna un visage à l'expression menaçante vers le Cimmérien.

– Alors, voleur, abandonnerais-tu ta précieuse Valéria ? La peur des Corinthiens t'aurait-elle privé de ta virilité ? Mais peut-être n'as-tu jamais...

Conan foudroya du regard le guerrier qui s'interrompit. Les émotions de Bombatta se lisaient sur ses traits : la colère de s'être laissé intimider alors que des témoins étaient présents. Il serra son sabre avec tant de force que la poignée craqua, mais le Cimmérien ne porta pas la main à son arme.

Patience, se disait Conan. Dans ces montagnes, les actes impulsifs n'apportaient que la mort. L'occasion de tuer Bombatta se représenterait.

– Je refusais de la conduire où elle souhaitait se rendre en étant seul pour veiller sur elle, rétorqua-t-il calmement. Ce n'est plus le cas, aussi ne nous fais pas perdre de temps, Zamoréen. (Il guida son cheval vers celui de Bombatta.) Nous devons être de retour à Shadizar demain soir. Nous pourrons régler nos différends lorsque nous aurons achevé notre mission.

– J'attendrai cet instant avec impatience.

– Je ne manquerai pas de te le rappeler, lui dit Conan tout en repartant.

17

Une demi-journée leur fut nécessaire pour atteindre les doigts de pierre. Des parois grisâtres les entouraient, alors que le passage se rétrécissait et les contraignait à avancer sur une seule file. Des centaines de couloirs étroits s'entrecroisaient et parfois une dizaine de gorges différentes s'offraient à leur choix, chacune d'elles plus étroite et sinueuse que la précédente.

– Sur la droite, déclara Jehnna. La droite, ai-je dit. Non, pas celle-là. L'autre, là-bas ! Le trésor est proche, à présent. Oh ! nous irions deux fois plus vite si vous me laissiez vous guider.

– Non ! cria Bombatta.

Conan resta silencieux et s'arrêta pour étudier les possibilités qui s'offraient à eux : trois passages étroits menant vers des directions différentes. Ce n'était pas la première fois que Jehnna demandait à prendre la tête du groupe, et il avait depuis longtemps renoncé à tenter de lui en expliquer les dangers.

– Pourquoi nous sommes-nous arrêtés ? demanda Jehnna. Voilà le chemin. Sur la droite.

– Il est trop étroit pour les chevaux, expliqua Conan qui mit pied à terre et s'avança devant sa monture. Il va falloir les abandonner.

Cela ne lui plaisait guère. Entravés, ils n'iraient pas très loin, mais il craignait de les perdre. Et sans chevaux ils ne pourraient regagner à temps Shadizar. Les autres l'avaient imité, entravaient leurs montures et venaient vers lui.

– Malak, il est préférable que tu restes auprès des chevaux.

Le petit voleur sursauta et regarda avec inquiétude la roche qui l'entourait.

– Ici ? Entrailles de Sigyn, il serait peu judicieux de nous séparer. L'union fait la force, non ? Je n'aurai même pas suffisamment de place pour respirer, ici.

Conan retint sa repartie cinglante. Il avait lui-même réfléchi à l'étroitesse du passage, même s'il ne souffrait pas de claustrophobie. Il étudia les visages pour découvrir si d'autres partageaient son malaise. Jehnna bouillait d'impatience alors que Zula paraissait attendre une attaque. Quant à Bombatta, il semblait irrité comme à l'accoutumée. Peut-être cela n'existait-il que dans son imagination.

– Oui, nous resterons ensemble, déclara Conan en prenant son épée dans une main et une dague dans l'autre. Je vais marquer notre chemin, afin que nous puissions retrouver nos chevaux.

Avec la dague, il traça une flèche sur la pierre.

Pressé par Jehnna, Conan s'engagea dans l'étroit couloir. Tous les dix pas, il gravait une nouvelle flèche. Si les choses tournaient mal, Jehnna pourrait retrouver leurs montures même si elle était seule.

Certains passages étaient si étroits que même Zula et Jehnna ne pouvaient progresser normalement et devaient avancer de côté, avec la pierre écorchant leur poitrine et leur dos. Plus ils s'enfonçaient dans le labyrinthe, plus l'inquiétude de Conan grandissait. Il parvenait presque à donner un nom à ce qui semblait imprégner la roche : une vague réminiscence de la puanteur de la mort, si légère que nul ne pouvait la sentir mais qui était cependant perçue par l'instinct.

Il regarda ses compagnons, et leurs expressions lui apprirent qu'ils partageaient à présent son malaise, Jehnna exceptée.

– Pourquoi n'allons-nous pas plus vite ? demanda-t-elle. Nous sommes presque arrivés.

– Akiro ? appela Conan.

Le sorcier grimaçait. Il semblait avoir du fiel dans la bouche.

– Je l'ai perçu dès notre entrée dans ces passages, mais cela ne cesse de croître. C'est... une chose fétide. (Il s'interrompit pour cracher.) Mais très ancienne. Je ne pense pas que cela nous menace. Trop de siècles se sont écoulés.

Conan hocha la tête et poursuivit sa progression. Ses sens n'étaient pas ceux d'un sorcier, mais ils lui avaient maintes fois sauvé la vie et lui disaient qu'un danger les menaçait. Il affermit sa prise sur ses armes.

Brusquement, le passage s'ouvrit sur une vaste zone à découvert. Ici, la roche avait été taillée et formait une immense cour devant un temple creusé à même le flanc de la montagne. Une vingtaine de statues d'obsidienne hautes comme quatre hommes s'étaient autrefois dressées entre des colonnes massives érigées devant le temple, mais une seule était encore debout : la représentation d'un guerrier armé d'un long épieu, dont les traits avaient été effacés par le vent et la pluie. Il ne subsistait des autres que des blocs de pierre noire éparpillés et des tronçons de jambes.

Conan glissa sa dague dans son étui et saisit le bras de Jehnna qui se dirigeait vers le temple.

– Soyez prudente, Jehnna. C'est à moi de courir des risques.

Bombatta prit l'autre bras de la jeune fille et les deux hommes se fixèrent. Ils se promettaient la mort, et Conan pensa que de telles promesses devaient être tenues.

– Lâchez-moi, protesta Jehnna. Je dois trouver la Corne. Elle est dans ce temple. Lâchez-moi.

Zula ricana et posa ses mains sur les épaules de Jehnna.

– Voulez-vous l'écarteler, ou l'écraser entre vous ?

Conan lâcha Jehnna, et Bombatta l'imita. Zula éloigna la jeune fille en lui parlant à l'oreille, pendant que Conan soutenait le regard menaçant de Bombatta.

– Nous réglerons nos comptes, dit l'homme balafré.

– A Shadizar, rétorqua Conan.

Le guerrier l'approuva d'un hochement de tête.

Lorsque Conan atteignit le temple, Akiro suivait du doigt des motifs gravés sur le socle de la statue d'obsidienne et que le temps avait estompés.

– Que fais-tu ? lui demanda Malak en riant. Lirais-tu une sculpture décorative ? J'ai d'ailleurs vu un graveur ivrogne et borgne réussir des arabesques plus régulières.

Akiro soupira et se redressa.

– Ce sont des caractères, pas des arabesques, et je pourrais les lire, en partie tout au moins, s'ils n'étaient pas érodés à ce point. Ce lieu est encore plus ancien que je ne le supposais. Ce langage a cessé d'être employé il y a plus de trois millénaires, et même alors il s'agissait déjà d'une langue morte. Il n'en subsiste que quelques rares fragments disséminés. J'en trouverai peut-être d'autres à l'intérieur.

– Nous ne sommes pas venus jusqu'ici pour déchiffrer de vieux écrits, grommela Bombatta.

Si Conan l'approuvait, il se contenta de dire :

– Alors, ne perdons pas de temps.

Il se dirigea vers des portes de bronze couvertes de vert-de-gris par l'écoulement des siècles, et des pigeons quittèrent leur nid, haut derrière les colonnes. Leurs battements d'ailes évoquèrent des explosions, au sein du silence. Sous l'épaisse couche verdâtre apparaissait un grand œil ouvert, dans le métal de chaque battant, et un gros anneau de bronze pendait sous chaque motif.

– Nous ne parviendrons jamais à l'ouvrir, déclara Malak en notant la corrosion.

Conan tenta malgré tout de tirer le lourd battant et fut surpris de constater que la porte s'ouvrait avec un crissement de gonds que nul n'avait huilés depuis longtemps. Il estima qu'ils avaient de la chance. Si des hommes avaient utilisé cette entrée, ils auraient graissé les gonds. S'il était gêné de son soulagement, il se dit qu'il pensait à la sécurité de Jehnna et que sa bravoure n'était pas en cause.

– Ouvrez l'œil, ordonna-t-il. Et restez sur vos gardes.

Derrière les portes, la poussière des siècles formait un épais tapis. Des torches festonnées de toiles d'araignées étaient glissées dans des candélabres en or longeant les murs aux sculptures compliquées. Le plafond se perdait dans les ombres et la salle immense s'étendait loin devant eux au sein de l'obscurité.

Brusquement, Zula hurla : une araignée aux pattes assez longues pour couvrir la main d'un homme courait sur son pied nu.

– Ce n'est qu'une araignée, déclara Malak avant de l'écraser sous son talon. Il est stupide d'avoir peur d'une...

Le petit voleur acheva sa phrase par un petit cri en voyant le bâton de Zula siffler vers son visage. La barre de bois s'immobilisa à moins d'un doigt de son nez et ses yeux louchèrent pour la fixer.

– Je n'ai pas peur, siffla Zula. Mais je n'aime pas les araignées. (Des bruissements leur parvinrent, et elle regarda avec nervosité vers le point d'origine de ces bruits.) Pas plus que les rats.

Conan prit une torche et rengaina son épée, pour chercher dans sa bourse un briquet et un silex.

– Si elle est toujours inflammable.

Les lèvres d'Akiro bougèrent et du feu dansa soudain à l'extrémité de ses doigts. Il toucha la torche, qui s'enflamma en crépitant.

– Elle l'est, dit-il.

– Ne peux-tu attendre qu'on fasse appel à toi? déclara sèchement Conan en remettant le briquet et le silex dans sa bourse.

Akiro haussa les épaules en geste d'excuse. Bombatta et Malak allumèrent leurs torches à celle de Conan, puis avancèrent prudemment dans la vaste salle. Leurs pieds soulevaient une couche de poussière uniquement marquée par des empreintes de rats. Des os de petits animaux jonchaient le sol, et les cris des rongeurs tenus à distance par le feu et l'odeur des hommes les suivaient. Les flammes étaient reflétées par des centaines de petits yeux. Si Zula marmonnait en tournant la tête de tout côté, Malak ne s'amusait plus de son malaise. Il prenait soin de ne pas regarder ces yeux luisants et mêlait malédictions et prières à une vingtaine de dieux.

A l'extrémité de la salle, de larges marches de pierre montaient vers une plate-forme sur laquelle se trouvait un trône de marbre à haut dossier. Ils voyaient devant lui un petit monticule d'os séchés par les ans et sur le siège un autre tas surmonté d'un crâne humain dont les orbites vides semblaient les suivre. Armure, vêtements et couronne étaient depuis longtemps tombés en poussière.

Jehnna tendit le doigt vers la droite, désignant une large porte voûtée à peine visible dans l'obscurité.

– Là, dit-elle. Voilà le chemin.

Conan fut soulagé d'apprendre que le trésor, une corne avait-elle dit, ne se trouvait pas sur ce trône. Bien des années plus tôt, il avait pris son épée sur un trône guère différent de celui-ci, et il s'agissait d'une expérience qu'il ne souhaitait pas renouveler.

Bombatta gagna la porte et tendit sa torche.

– Un escalier ! murmura-t-il. Jusqu'où allons-nous devoir nous enfoncer dans les entrailles de ce temple ?

– Le plus profondément possible, répondit Conan.

Ecartant Bombatta du passage, il descendit les premières marches.

18

Le large escalier en hélice pénétrait dans les profondeurs de la montagne, et Conan y découvrait des traces du séisme qui avait autrefois renversé les statues dressées devant le temple. Des lézardes couvraient les murs et il y avait même une crevasse dans les marches, comme si quelqu'un les avait fendues puis écartées. D'épaisses toiles d'araignées obstruaient le passage, mais au contact de la torche du Cimmérien elles sifflaient et se consumaient.

– Je n'aime guère ceci, Conan, murmura Malak. Qu'Ogon me terrasse, mais ça ne me plaît guère.

– Alors, attends là-haut.

– Avec les rats !

Zula eut un petit rire.

Ils atteignirent une vaste salle au plafond voûté soutenu par ce qui évoquait à première vue des colonnes d'or massif. Cependant, la moitié de ces piliers étaient renversés et leurs décombres couvraient le sol de mosaïque, révélant de fines feuilles d'or martelé sur de la terre grise. Le plafond était orné d'une multitude d'étranges symboles et, si Conan put reconnaître l'œil ouvert des portes de bronze répété sans cesse parmi d'autres motifs, il ne sut lui attribuer aucune signification.

– Conan, l'appela Akiro. Ceci semble être la seule autre issue.

Le sorcier se tenait à l'extrémité de la salle, devant une grande porte de métal qui n'avait pas été attaquée par la rouille. Elle ne possédait pas de gonds, et la plaque paraissait encastrée dans la pierre.

– C'est le passage, murmura Jehnna. Nous devons entrer.

La surface gris sombre de la porte était totalement lisse, à l'exception de l'habituel œil ouvert qui occupait son centre et de deux têtes de démons grimaçants dans la partie inférieure. Des défenses rappelant celles des sangliers sortaient des bouches de ces têtes grotesques. Si la porte ne pouvait être poussée, pensa Conan, alors peut-être... Il abattit le plat de son épée sur chaque démon. D'une bouche béante sortit une scolopendre écarlate dont la morsure donnait une mort lente et atroce. Malak s'écarta d'un bond de l'animal, qui se hâta d'aller chercher un autre abri parmi les débris des colonnes.

Conan rengaina son arme puis tendit la torche à Zula et s'accroupit devant la porte. Mettant une main dans la gueule de chaque démon, il exerça une pression vers le haut.

– Des poignées, s'exclama Malak.

Avec chaque muscle de son corps mis à contribution, Conan commençait à se demander s'il n'avait pas fait une erreur en arrivant aux mêmes conclusions que le petit voleur. La plaque de métal semblait faire partie intégrante de la montagne et refusait de se déplacer. Brusquement, Bombatta apparut à son côté et saisit une des têtes. Conan concentra ses efforts sur l'autre et des muscles saillirent sur son cou et ses cuisses. Des taches argentées dansèrent devant ses yeux, et la plaque de métal remonta d'une largeur de main. Lentement, et avec un son métallique, la porte s'éleva et bientôt Conan et Bombatta la retinrent au-dessus de leurs têtes.

– Entrez, fit Conan. Vite!

Les autres se glissèrent rapidement à côté des deux colosses, puis Bombatta lâcha prise et les imita. Le corps de Conan tremblait, à présent qu'il était seul à retenir la plaque de métal, mais il hésita. Il ne semblait pas y avoir de l'autre côté des gueules de démons ou d'autres prises permettant de la soulever à nouveau. S'il la lâchait, ils seraient pris au piège, mais rien ne lui permettait de la caler en position ouverte.

Akiro revint vers le mur. A côté de la porte, une baguette de bronze se terminant par un pommeau orné de l'œil omniprésent saillait de la pierre. Le mage y referma ses doigts et la baguette pénétra à l'intérieur de la paroi.

Conan cilla. La porte semblait s'alléger. Il réduisit imperceptiblement ses efforts, mais le panneau ne redescendit pas. Avec un grognement, il franchit le seuil.

– Merci, dit-il à Akiro. Mais à présent que j'y pense, tu n'aurais pas pu employer ta magie pour l'ouvrir?

– Bien sûr que si, mais tu m'avais dit de ne pas intervenir sans que tu me le demandes. Comme je n'ai pas...

– Où sont les autres? l'interrompit Conan.

La torche d'Akiro éclairait l'extrémité d'un étroit couloir désert. La lumière d'aucune torche n'était visible et, en jurant, le Cimmérien se précipita dans le passage avec le sorcier sur ses talons. Le couloir donnait dans une vaste salle circulaire, et les deux hommes s'immobilisèrent de surprise. Les autres s'y trouvaient déjà, tenant leurs torches à bout de bras.

Juste en face du couloir par lequel ils étaient arrivés,

une tête sculptée dans la pierre noire saillait du mur. Elle était aussi grande qu'un homme et possédait un regard menaçant et une bouche armée de crocs. Deux autres portes étaient situées à égale distance autour du périmètre du cercle, mais une seule pouvait encore servir. L'autre était brisée et obstruée par des décombres. Les parois étaient sculptées de bas-reliefs représentant des créatures légendaires dorées, avec des gemmes enchâssées à la place des yeux, des sabots, des griffes et des cornes. De grandes plaques d'or, couvertes d'une étrange écriture, étaient encastrées dans les parois. Un plafond bas voûté, recouvert d'onyx et incrusté de diamants et de saphirs, scintillait sous la lueur des torches et semblait représenter un ciel étoilé.

Akiro courut vers la plus proche des plaques et passa le doigt sur les caractères gravés, comme s'il ne pouvait en croire ses yeux.

– Il s'agit du même langage qu'à l'extérieur. Je peux... oui, je peux le lire... Ecoutez... Et le troisième jour de l'Ultime Bataille, les dieux partirent en guerre, et leurs pas ébranlèrent les monts...

Le sorcier replet poursuivait sa lecture, mais Conan ne s'intéressait qu'à Jehnna. Elle seule n'avait pas écarquillé les yeux en découvrant les richesses que contenait cette salle. Son regard restait rivé sur l'horrible tête de pierre noire. Elle se tenait devant elle, et à ses pieds se trouvait un cercle de runes gravé dans le sol de marbre. Entre les signes apparaissait une étoile à cinq branches, aux pointes reliées par des lignes.

La gorge de Conan se serra. Il savait qu'il s'agissait d'un pentacle, le point de concentration des puissances surnaturelles. Il leva la main pour la retenir, mais il y avait Valéria. Et Jehnna ne cessait de répéter que tel était son destin. Le poing de Conan se serra. Il ne pouvait rien faire, hormis attendre.

Jehnna sortit de sa robe le sac de velours noir dans lequel elle avait placé le Cœur d'Ahriman. La gemme rouge sang tomba dans sa paume et sa luminescence sanguine emplit la salle, ravivant l'éclat des joyaux enchâssés dans le plafond. Elle posa précautionneusement le Cœur devant elle, à l'intérieur d'une petite cavité du pentacle. Comme elle se redressait, son regard devint absent et elle se mit à psalmodier des paroles qui résonnèrent dans la salle.

La luminescence du Cœur augmentait mais sa clarté était à présent concentrée sur l'énorme tête de pierre qu'elle nimbait d'un halo pourpre. Les yeux de la face monstrueuse semblaient refléter sa lueur : des ombres rougeâtres dansaient dans ses profondeurs, des profondeurs qui venaient d'y apparaître.

– Cette chose est vivante, siffla Zula.

Et Malak entama aussitôt une longue suite de prières.

– Tu dois l'arrêter, s'exclama brusquement Akiro. Vite, Conan, tu dois l'empêcher...

Il n'acheva pas sa phrase et gémit.

Les mâchoires de la tête monstrueuse s'ouvraient, assez larges pour engloutir trois hommes à la fois. Et à l'intérieur de cette bouche brûlait un feu surnaturel. Conan recula, une main sur son visage pour le protéger de la chaleur qui semblait assécher toute l'atmosphère. A travers ses yeux douloureux, le Cimmérien vit au sein de ces flammes une tour de cristal. Il s'agissait d'un socle cristallin identique à celui sur lequel avait reposé le Cœur d'Ahriman, dans le palais d'Amon-Rama. Mais sur celui-ci se trouvait une corne d'or, semblable à celle d'un taureau. Ni le piédestal ni la corne ne paraissaient atteints par la tempête qui faisait rage autour d'eux.

Jehnna ne semblait plus appartenir à ce monde. Ses grands yeux étaient inexpressifs, de même que son visage. Lentement, elle porta ses mains à ses épaules et sa robe tomba à ses pieds. La clarté des flammes mettait en relief les douces courbes de son corps nu ainsi que la marque de naissance visible entre ses seins. Elle s'avança avec décision vers les flammes. Bombatta la fixait sans mouvoir aucun muscle, et l'éclat de ses yeux noirs semblait être le reflet de la fournaise.

– Non ! hurla Conan, bien qu'il fût déjà trop tard.

Jehnna pénétra dans le brasier rugissant. Le feu se déchaîna, comme irrité par son audace, et les flammes léchèrent sa nudité. Mais elle s'avança encore et prit la corne d'or, puis retraversa la fournaise pour regagner le pentacle.

Elle y demeura un instant, puis libéra un soupir et s'affaissa. Elle serait tombée, si Zula ne l'avait retenue. Rapidement, la guerrière noire la couvrit de sa robe.

– C'est fait, déclara doucement Bombatta. La Corne est entre les mains de l'Unique.

– Conan, dit Akiro. Il y a une chose que tu dois savoir.

Brusquement, un vent s'éleva dans la salle : un souffle glacé aux hurlements surnaturels qui les pénétrait jusqu'aux os mais n'inclinait même pas les flammes de leurs torches. Puis tout s'interrompit brusquement, et les flammes visibles dans la bouche béante s'éteignirent.

– Conan, répéta Akiro.

– Plus tard, répondit sèchement le Cimmérien. Nous partons immédiatement.

Il avait assisté à trop de magie et, dès que Jehnna eut repris le Cœur d'Ahriman, il se hâta de leur faire quitter cette salle.

19

Conan était en tête du groupe qui suivait l'étroit couloir, et peu lui importait de manifester sa hâte. Jehnna serrait la Corne d'or contre sa poitrine, et Bombatta et Zula l'encadraient de façon protectrice. S'il était heureux qu'elle fût saine et sauve, le Cimmérien était préoccupé par ce qu'il avait vu, de même que par l'objet que Jehnna portait avec tant de soin.

Akiro le prit par le coude.

– Je dois te parler, dit-il à voix basse tout en surveillant Bombatta. En privé. C'est urgent.

– Entendu, accepta distraitement Conan.

Il avait déjà été en contact avec la sorcellerie à maintes reprises, plus de fois qu'il ne souhaitait s'en souvenir. Il pouvait la sentir, et ce qui émanait de l'objet d'or que Jehnna serrait contre elle était l'odeur du mal. Il voulait quitter ce lieu et regagner Shadizar au plus tôt.

– En privé, Akiro. Plus tard.

Malak passa devant lui et se mit à courir, tant était grande son impatience de partir.

– Vite, cria-t-il par-dessus son épaule. Ce lieu est maudit ! Par les Os de Mitra ! Vite !

Il disparut devant eux, et ses paroles devinrent inaudibles.

– L'imbécile, murmura Conan. Le moment est mal choisi pour nous séparer.

Puis il fut de retour dans la salle aux colonnes dorées.

Malak s'était immobilisé et fixait avec des yeux exorbités une vingtaine de guerriers en cuirasse et armés de longues lances. Le plus petit de ces hommes dépassait Conan ou Bombatta d'une tête. Ils étaient aussi noirs que la statue d'obsidienne qu'ils avaient vue devant le temple, et Conan fut soulagé de constater que leurs poitrines se soulevaient au rythme de leur respiration. Il s'agissait d'êtres humains, et non de statues animées comme il l'avait tout d'abord craint.

Deux guerriers s'avancèrent. Le casque de l'un était orné d'un cimier de longs poils blancs tombant derrière sa nuque; l'autre ne portait pas de casque mais une sorte de calotte de cuir noir d'où pendaient de longs poils roux. Le premier s'adressa à Jehnna.

– Nous avons longtemps attendu l'Unique en dormant comme notre dieu. La Nuit de l'Eveil approche.

— Cette jeune fille n'est pas celle que vous attendiez, déclara Conan. Nous implorons votre pardon si nous avons profané votre temple, mais notre route est longue et nous devons partir.

Le Cimmérien espérait pouvoir éviter un affrontement, mais ces hommes semblaient être les gardes de ce temple, et les fidèles de toutes les religions devenaient violents lorsqu'ils pensaient que des étrangers avaient profané leurs lieux saints.

— Vous pouvez partir, répondit le grand guerrier noir. Pour nous avoir amené l'Unique, vous conserverez la vie. Mais elle reste avec nous.

Avec une désinvolture feinte, Conan vint s'interposer entre l'homme et Jehnna.

— Elle n'est pas celle que vous croyez, dit-il.

Mais le Noir l'ignora pour s'adresser à Jehnna.

— Pendant toutes ces années, nous avons dormi et gardé la Corne de Dagoth, dans l'attente de l'Unique, celle qui pourrait la prendre. Le Dieu Endormi s'éveillera bientôt et sa vengeance s'abattra sur ceux qui ont trahi...

Conan nota un mouvement du coin de l'œil : celui du bras de Bombatta qui plantait une dague dans la gorge du géant. Du sang jaillit de sa bouche et il tomba, puis ce fut le chaos.

— Demi-tour ! cria Conan. Demi-tour ! Vite !

L'unique sortie se trouvait derrière les guerriers qui brandissaient leurs lances et grondaient de fureur. Avec sa torche, le Cimmérien brûla le visage d'un géant, puis repoussa un coup de lance et passa son épée à travers le corps d'un troisième adversaire.

Un bruit métallique lui parvint. Son épée virevoltait pour repousser un nombre toujours croissant de lances. Il risqua un coup d'œil par-dessus son épaule. La grande porte de métal descendait par à-coups et se refermerait bientôt. Il attaqua, et la lame tranchante forma un tourbillon d'acier devant lui. Sa fureur fit reculer les guerriers, en dépit de leur grand nombre.

Avec une rapidité qui les surprit, il pivota et plongea vers la porte qui se refermait rapidement. Le bas de la plaque d'acier érafla son épaule, mais il se retrouva de l'autre côté alors que le panneau heurtait le sol avec un bruit lourd.

Akiro, Malak et Zula le regardèrent avec inquiétude, mais le temps pressait.

– Nous devons nous hâter, dit-il en se relevant. Ils ont probablement glissé une ou deux pointes de lance sous la porte, en voulant m'embrocher, et ils s'en serviront comme de leviers.

– Voyons ce que je peux faire, déclara Akiro qui sortit des objets de sa bourse et entreprit de tracer des symboles sur le métal.

– Tu aurais pu m'avertir, reprocha Conan à Malak. Me crier que vous alliez refermer la porte.

– Bombatta nous a tous surpris, lui rétorqua Malak. Il a saisi Jehnna et s'est précipité ici avant que nous réagissions. Je suppose qu'il a tiré cette commande sitôt après avoir franchi la porte.

– Voilà, annonça Akiro en reculant pour étudier la suite de symboles vaguement luminescents qu'il venait de tracer sur le métal. Cela devrait les retarder un certain temps.

Mais Conan ne s'y intéressait guère.

– Où est Jehnna ? Et Bombatta ?

Zula pivota pour regarder vers la salle obscure.

– Je m'inquiétais tellement à ton sujet que je n'ai pas... S'il lui a fait le moindre mal...

Conan n'attendit pas la suite. Il courait déjà vers la salle où se trouvait la tête de pierre monstrueuse. Elle était déserte. Sans hésiter, il emprunta la seule autre issue praticable.

Bombatta voulait peut-être ramener seul Jehnna à Shadizar, afin de le spolier de sa récompense. Cet homme était capable de priver Valéria d'une possibilité de résurrection simplement pour se venger de lui. Il n'était plus question d'attendre leur retour à Shadizar. Le moment de régler leurs comptes était venu.

Ce couloir était aussi droit qu'une flèche, sans courbes ni bifurcations, sans une seule porte donnant dans une autre salle. Comme un tunnel, le passage avait été creusé dans le roc de la montagne et ses parois étaient aussi lisses que du marbre. De la poussière couvrait le sol, et la lueur de sa torche lui révélait les traces laissées par ceux qu'il suivait. L'espacement des pas lui apprenait qu'ils couraient.

Brusquement, le couloir s'ouvrit sur une vaste salle carrée au plafond strié de crevasses et de fissures, soutenu par une forêt de minces colonnes rapprochées. Un grand nombre de ces dernières étaient également fendillées, et certaines semblaient sur le point de s'effondrer. Divers objets recouverts de poussière étaient visibles sur le sol : braseros, trépieds destinés à recevoir des torches, et choses dont l'utilité lui échappait.

La lueur de sa torche permit à Conan de discerner une autre porte en face de lui : un rectangle plus sombre au sein des ombres. Les traces laissées dans la poussière menaient à ce passage, mais il s'arrêta brusquement. Bombatta avait pu se dissimuler derrière n'importe laquelle de ces colonnes, et une piste aussi nette risquait de le conduire vers un traquenard. Prêt à bondir dans n'importe quelle direction, le Cimmérien avança prudemment. Il scrutait l'obscurité, en quête du moindre mouvement.

– Jehnna, appela-t-il doucement, avant de hausser la voix. Jehnna ! Jehnna !

Et il vit Bombatta à côté de la porte. Le Zamoréen tenait une grosse barre de fer rouillé qu'il plaça rapidement entre deux piliers pour s'en servir comme d'un levier.

Pour Conan, le temps sembla ralentir sa course. Il voyait les colonnes s'incliner dans des directions opposées et commencer à s'effriter. Au-dessus de sa tête, le plafond gémit et une pluie de poussière et de pierres s'abattit sur lui.

Le Cimmérien pivota et bondit vers le couloir d'entrée pour échapper à l'avalanche de gravats. Le grondement de la roche qui s'effondrait se réverbéra dans la salle. Un bloc atteignit le crâne de Conan, et les ténèbres l'engloutirent.

Jehnna attendait Bombatta, le regard rivé sur le couloir qu'ils avaient suivi. Il s'était enfui et l'avait contrainte à le suivre, se remémora-t-elle avec colère. Bombatta était resté sourd à ses suppliques, alors qu'elle l'implorait d'aller prêter main-forte à leurs compagnons. Elle ne pouvait lui reprocher d'avoir voulu la mettre en sécurité, mais estimait qu'il aurait dû l'écouter plus tôt. La clarté dorée du soleil apparaissait derrière une fissure, au sommet de la dalle de pierre se trouvant derrière elle. La lumière du jour et le salut les attendaient de l'autre côté de cette porte, mais Conan était demeuré dans les profondeurs du temple. Peut-être était-il blessé et avait-il besoin d'elle ? Et si...

Des bruits de pas lui annoncèrent le retour de Bombatta.

– Est-il sain et sauf ? demanda-t-elle.

Le guerrier balafré était couvert de poussière et du sang gouttait de sa joue entaillée. Il passa devant elle puis s'immobilisa brusquement.

– Où est la Corne, Jehnna ? Par les Neuf Enfers de Zandru, si vous l'avez perdue...

– Elle est ici.

Jehnna lui montra le paquet qu'elle avait confectionné avec des bandes déchirées dans son manteau. Cette quête de la Corne de Dagoth était écrite dans son destin, elle le savait, mais elle répugnait à toucher cet objet. Le Cœur d'Ahriman et la Corne de Dagoth étaient réunis dans des couches de laine blanche, et elle regrettait que cette enveloppe ne fût pas plus épaisse.

– Où est... où sont les autres ?

– Morts, répondit Bombatta.

Il banda ses muscles et poussa de tout son poids contre la grosse dalle de pierre.

Jehnna demeurait assise, comme paralysée. Morts ? Conan n'avait pu mourir. Ni les autres, se dit-elle aussitôt. Zula, Akiro et même Malak. Mais le colosse aux étranges yeux saphir, et aux mains si douces lorsqu'elles ne tenaient pas une épée, occupait une place privilégiée dans son cœur.

– Je ne peux le croire, murmura-t-elle.

La dalle bascula avec bruit vers l'extérieur en soulevant un nuage de poussière, et la clarté du soleil inonda le passage.

– Il m'a appelée, je le sais.

– Venez, Jehnna. Le temps presse, mon enfant.

Bombatta saisit son poignet et la tira vers l'ouverture. Le tunnel donnait dans la grande cour du temple. Le soleil était pourpre au sommet des montagnes de l'ouest. Les yeux rivés sur les grandes portes de bronze du temple et en jurant à voix basse, Bombatta l'entraîna dans le labyrinthe de tours et de doigts de pierre.

– Je ne crois pas que Conan soit mort.

– Une des marques, déclara le guerrier en désignant une flèche tracée dans la roche. Maintenant, il faut retrouver les chevaux. Nous pourrons parcourir plusieurs lieues avant la tombée de la nuit.

– Bombatta, je refuse de le croire. L'as-tu vu tomber ?

– J'ai vu. Il fuyait, comme le voleur et le couard qu'il est, et les guerriers l'ont tué. Ils ont massacré les autres et j'ai dû faire effondrer le plafond pour leur interdire le passage. Ah ! les chevaux.

Les animaux entravés étaient toujours regroupés.

– Peut-être n'était-il que blessé...

Elle s'interrompit en notant le regard de Bombatta.

– Nous pouvons aller où nous le souhaitons, dit-il doucement. A Aghrapur, par exemple. Un sorcier Turanien, ou même le roi Yildiz lui-même, nous donnera de quoi vivre dans l'opulence jusqu'à la fin de nos jours, en échange de ce que vous détenez. (Brusquement, il la souleva de terre et la mit en selle.) Gardez précieusement le Cœur et la Corne, Jehnna.

Il entreprit de défaire les entraves des chevaux. Au fur et à mesure qu'il les libérait, il nouait leurs rênes ensemble et, lorsqu'il se mit en selle à son tour, il tenait les quatre montures par une longe démesurée.

– Que fais-tu ? demanda-t-elle. Nous n'allons pas les emmener.

– Nous en aurons besoin. La route est longue, jusqu'à Aghrapur.

– Nous allons à Shadizar, pas à Aghrapur. Et je refuse de laisser nos compagnons sans monture s'il subsiste la moindre chance pour que l'un d'eux soit toujours en vie. Si tu veux emmener ces chevaux, tu dois préalablement me reconduire au temple et me montrer leurs cadavres.

– Ce serait trop dangereux.

– Dangereux ou pas, je refuse de les abandonner ainsi.

La fureur qui se lisait sur le visage du colosse lui fit peur, et elle dut faire appel à toute sa volonté pour demeurer bien droite et feindre le calme.

Lâchant les rênes des autres chevaux, il se rapprocha d'elle.

– Lui ! Lui, et toujours lui ! Nous aurions pu aller n'importe où. N'importe où, mon enfant.

Brusquement, une profonde tristesse métamorphosa son visage. Jehnna le fixa. Elle n'avait encore jamais vu Bombatta manifester de la souffrance, mais cela ne dura guère.

– Nous rentrons à Shadizar, dit-il d'une voix rauque.

Il prit les rênes des mains de Jehnna et entreprit de la guider au sein du labyrinthe.

Jehnna serrait contre son sein le paquet contenant ce qu'elle était venue chercher et s'interdisait de regarder derrière elle. Conan ou son destin. L'un au prix de l'autre. Elle se demandait comment les dieux pouvaient autoriser cela. Affaissée sur sa selle, à présent incapable de trouver la force nécessaire pour rester droite, elle pleurait silencieusement et se laissait guider.

20

Conan se fraya un chemin à travers la conscience, au sein d'épais nuages d'une poussière étouffante, et se redressa, l'épée à la main. Akiro et Zula le fixèrent, sidérés. Malak lança une pierre de la taille d'un poing vers les ombres séparant les colonnes, puis s'épousseta les mains.

– Il était temps que tu t'éveilles, déclara le petit voleur. Ecailles de Mehen, je commençais à croire que tu allais dormir jusqu'à l'heure de notre mort.

– Combien de temps ? s'enquit Conan.

Il toucha sa tempe. Elle était douloureuse et une coulée de sang s'était coagulée dans ses cheveux.

– Deux sabliers, répondit Akiro. Peut-être un peu plus longtemps. C'est difficile à dire. Nous t'avons trouvé ici, assommé. J'ai fait ce que j'ai pu, mais lorsqu'il s'agit de blessures à la tête, il est préférable d'attendre un éveil naturel.

– J'ai des herbes efficaces pour ce genre de traumatismes, mais pas d'eau pour les faire tremper, déclara Zula.

Le Cimmérien hocha la tête et le regretta aussitôt, car tout ce qui l'entourait se mit à tourbillonner.

L'autre extrémité de la salle était à présent emplie de

décombres : des fragments de colonnes mêlés à des blocs de rochers de toutes tailles. Trois trépieds de métal rouillé avaient été redressés et supportaient des torches qui projetaient une clarté jaunâtre. Cependant, la lumière ne provenait pas uniquement de ces torches. Une lueur bleutée qui blessait les yeux irradiait du premier passage.

– Quelle est cette clarté ? s'enquit Conan.

– Une défense, répondit Akiro. Je suis parvenu à en placer neuf avant que ces géants n'ouvrent la porte. Ensuite, j'ai dû déclencher la première et renoncer à en établir d'autres. C'est dangereux, lorsque d'autres brûlent à proximité.

– Pendant combien de temps ? commença Conan, qui obtint une réponse avant d'avoir achevé sa question.

Le scintillement azur s'accéléra. Akiro se pencha pour tracer des symboles dans la poussière et sa bouche formula des incantations silencieuses. Le feu s'éteignit dans un ultime éclair bleuté, mais presque aussitôt tout recommença et un cri aigu s'éleva du passage.

Akiro inclina la tête, comme pour écouter, puis soupira.

– Ce n'est pas leur sorcier. Dommage. Si Bombatta voulait en tuer un, il aurait mieux fait d'éliminer celui au cimier rouge. C'est leur mage, et sans lui ils ne seraient jamais parvenus à ouvrir cette porte, et encore moins à franchir ma première défense. Et je n'ai que mes mains nues pour le combattre.

– Je ne comprends pas pourquoi Bombatta a tué cet homme, déclara coléreusement Zula. Ces guerriers n'avaient aucune intention hostile et parlaient seulement de...

– Je doute qu'ils nous aient laissés partir avec Jehnna sans se battre, déclara Conan. Quoi qu'il en soit, je ne me laisserai pas embrocher comme un sanglier pour la simple raison que Bombatta est le seul responsable de ce malentendu.

– Bravo ! s'exclama Malak. Par les Orteils d'Ogon, si un homme t'attaque, tu l'embroches. Et si c'est une erreur, il suffit d'aller brûler un peu d'encens dans les temples pour le repos de son esprit.

– Ce n'est pas toujours la meilleure solution, fit sèchement remarquer Akiro. Mais ces êtres sont immondes.

– Je n'ai rien vu d'immonde en eux, protesta Zula.

Le sorcier renifla.

– Parce que tu n'es pas une magicienne, et que tu n'as pas lu les plaques comme moi. Le malaise que nous avons éprouvé en entrant était dû à leur présence, et à ce qui s'est produit ici pendant des siècles. Les sacrifices humains sont comparativement des actes sans gravité. Les shamans qui voulaient me rôtir sont des enfants innocents, par rapport à eux.

– Peu m'importe s'ils sont cannibales, dit Conan. Il est temps de sortir d'ici. Bombatta et Jehnna se rapprochent de Shadizar, et je sais qu'il s'efforcera de minimiser notre rôle lorsqu'il fera le récit de cette expédition à Taramis. Je n'ai pas l'intention de me laisser voler la récompense promise.

Akiro le regarda avec pitié et Zula resta bouche bée.

– Mais je croyais... Nous pensions... que Jehnna...

Elle désigna les blocs qui emplissaient l'autre extrémité de la salle.

– C'est Bombatta qui a provoqué la chute du plafond. Il ne pouvait attendre Shadizar pour se mesurer à moi. Mais je ne crois pas qu'il ait fait tomber la montagne sur sa propre tête ou sur celle de Jehnna. Nous allons nous ouvrir un passage et les suivre. Il ne nous reste qu'une nuit et un jour pour regagner Shadizar.

– Tu comptes creuser la montagne ? s'exclama Malak, incrédule.

Les autres fixèrent Conan comme s'il avait perdu la raison.

– J'ai vu cette salle alors qu'elle était encore

intacte, répondit Conan en se dirigeant vers les décombres. Je connais l'importance de ce qui s'est effondré.

Il referma ses bras sur un tronçon de colonne gros comme son torse et le libéra. De petites pierres roulèrent et rebondirent autour de ses pieds.

– Le couloir que Bombatta a emprunté se trouve à moins de trois ou quatre pas de nous. Et il suffit de dégager un passage suffisant pour s'y glisser.

Il porta la pierre entre les colonnes, avant de la lâcher. Ils avaient suffisamment de place pour ne pas se gêner, mais à son retour personne n'avait bougé.

– Alors ? Vous préférez mourir ici ?

Sans dire un mot, Zula se mit à l'ouvrage.

Malak l'imita, avec plus de lenteur et non sans adresser un regard au sorcier.

– Tu ne veux pas nous aider, Akiro ? Il te suffirait d'agiter les bras pour tout faire disparaître.

– Tu révèles ouvertement ton ignorance. Quoi qu'il en soit, je dois monter la garde pour déclencher la défense suivante dès que celle-ci s'éteindra. Mais peut-être préfères-tu être averti de l'arrivée de ces hommes lorsqu'ils t'embrocheront comme un agneau ?

– Déclenche-les toutes sans attendre, vieillard. Ensuite, tu pourras nous aider.

Le sorcier aux cheveux gris eut un rire moqueur.

– Est-ce que je te donne des leçons de chapardage ? Occupe-toi de ce que tu connais.

Conan travaillait comme un automate et ne pensait qu'à leur liberté. Il ôtait deux blocs de pierre quand les efforts conjugués de Zula et de Malak ne leur permettaient d'en déplacer qu'un seul. Il était en sueur et son épiderme luisait sous la lueur des torches. Lorsqu'un rocher roula vers le bas pour combler le vide qu'ils avaient dégagé, il ordonna aux autres de se remettre à l'ouvrage sans s'interrompre. Il devait rejoindre Jehnna et régler sa dette envers Valéria. Jehnna. Valéria. Les images des deux femmes tourbillonnaient dans son esprit et il n'aurait pu dire laquelle l'attirait vers l'extérieur avec le plus de force.

Lorsqu'une autre défense s'éteignit et qu'Akiro reprit ses incantations afin de déclencher la suivante, Malak s'arrêta pour l'observer.

– Tu es vraiment parvenu à lire ces plaques ? lui demanda-t-il.

– Travaille, ordonna Conan.

Et, après un regard au Cimmérien, le voleur se remit à l'ouvrage.

Cependant, Akiro semblait désirer s'exprimer. Il s'installa contre une colonne et déclara :

– Oui. J'en ai saisi le sens, en tout cas. La Corne d'or... c'est la Corne de Dagoth.

– Le guerrier noir nous l'a déjà appris, haleta Malak.

– Ne m'interromps pas. Voici des millénaires, une guerre a opposé les dieux. C'était chose banale, en ces temps reculés. Au cours d'une grande bataille, Dagoth fut vaincu par un adversaire qui parvint à arracher sa corne et à l'emporter au loin. Cette corne renfermait ce que nous pourrions appeler sa force vitale, et sans elle il se pétrifia lentement. Selon le récit des plaques, Dagoth dort. Mais il se réveillera dès que la Corne aura été replacée sur son front.

– Voilà pourquoi Taramis la désire, commenta Conan sans interrompre ses efforts. Elle souhaite éveiller un dieu. Un dieu pourra ressusciter Valéria.

– Oui, soupira Akiro. Je suppose que Dagoth en a le pouvoir.

– Taramis n'a donc pas menti.

Comme s'il avait bénéficié de repos et d'eau fraîche, le Cimmérien redoubla ses efforts. Alors que les autres ralentissaient, il portait les pierres plus rapidement. Zula tenta de l'imiter mais ne put tenir la cadence et s'effondra. Conan s'arrêta pour la ramener auprès d'Akiro, puis se remit à l'ouvrage. Plus tard, lorsque

Malak tomba à son tour, il se contenta de le tirer hors de son passage.

Il avait vaguement conscience d'avoir laissé la salle derrière lui et atteint le couloir. Pourtant, les roches s'empilaient toujours devant lui. Il enregistra cela dans un recoin obscur de son esprit, mais refusa d'admettre ce qui eût marqué le début d'une défaite. Le temps perdait toute signification pour lui, de même que les efforts. Il attaquait sans répit la barrière, attiré par deux images : celle de Valéria et celle de Jehnna. Il ne s'interromprait pas tant que subsisterait en lui le moindre souffle de vie.

Il tira sur une pierre, augmenta ses efforts. Le bloc céda et le mur de roche bascula vers lui. Il recula en jurant et n'évita que de justesse d'être enseveli jusqu'à la taille. Il allait s'éloigner avec la pierre lorsqu'il nota un point de clarté dans le lointain. Il regarda de nouveau, pour s'assurer que ce n'était pas le fruit de son imagination. La lueur était toujours visible. Il lâcha la pierre et regagna la salle aux colonnes.

Assis en tailleur, Akiro observait la lumière bleutée du premier couloir et Zula releva à peine les yeux, mais Malak lui dit d'une voix basse :

– Tu es donc épuisé à ton tour, Cimmérien ? Eh bien, nous aurons essayé. Qu'Erlick nous emporte, si ce n'est pas le cas.

– J'ai traversé, annonça Conan. J'ai vu de la lumière. Celle du soleil, peut-être.

Malak émit un son étrange et trembla. Quelques instants furent nécessaires à Conan pour comprendre qu'il riait.

– Nous avons réussi, disait-il. Par le Talon noir de Zandru et les Os de Mitra, rien ne peut nous arrêter, Cimmérien.

– En es-tu certain, Conan ? demanda Akiro.

– Ce sont peut-être des torches, dans une autre salle, mais il faudrait pour cela qu'il y en ait des vingtaines. Le passage s'élève et doit rejoindre le sol.

Peut-être remontait-il au cœur de la montagne, ou s'agissait-il des feux du Septième Enfer de Zandru, mais Conan refusait d'envisager que le salut ne soit peut-être pas à leur portée.

– Espérons que c'est le soleil, déclara finalement Akiro. La septième défense s'éteindra bientôt et il n'en reste que deux. Il faut conduire Malak et Zula hors d'ici le plus vite possible. Je vous suivrai dès que je le pourrai. (Il regagna rapidement son poste de surveillance, près du couloir.) Va, Conan, ou nous risquons tous de mourir.

Conan aida Zula à se lever, et pivota pour découvrir que Malak était déjà debout. La femme noire tenta de marcher seule, elle aussi, mais le Cimmérien dut les aider tous deux à franchir le dernier monticule de pierres. Ils avançaient en titubant vers la lumière et cette dernière semblait avoir sur eux un effet bienfaisant, car lorsque Akiro les rejoignit Zula et Malak se dirigeaient sans aide vers l'extérieur.

– Vite ! Vite ! cria malgré tout le sorcier.

Et le ton de sa voix les incita à presser encore le pas.

Ils débouchèrent dans la cour du temple, dans la lumière du soleil levant. Conan regarda les grosses colonnes et les statues brisées, surpris de ne voir aucune sentinelle. Ils traversèrent cette cour, mais rien ne bougea à l'exception des pigeons qui s'envolaient de leurs nids, dans les hauteurs des colonnes. Et Conan comprit qu'il eût été inutile de poster des gardes dès l'instant où l'adversaire se trouvait pris au piège dans les entrailles de la montagne.

Ils furent guidés dans le labyrinthe par les hennissements des chevaux assoiffés. Conan nota qu'ils n'avaient plus leurs entraves et étaient attachés par leurs rênes, avant de se précipiter vers les outres. En dépit de la soif, Conan versa d'abord de l'eau dans la bouche de son cheval, puis il inclina la tête en arrière et but tant qu'il ne dut pas reprendre sa respiration. Il laissa l'eau rafraîchir son visage, puis but à nouveau. Il donna encore à boire à l'animal qu'il ne pourrait ensuite ménager.

Soudain, le sol trembla sous leurs pieds et Conan saisit les rênes de sa monture. Il n'avait pas eu le temps de l'apaiser que la terre vibra de nouveau et qu'un grondement leur parvint du temple.

– Par les Multiples Noms de Khepra, qu'était-ce? murmura Malak.

Akiro toussa, semblant fier de lui.

– J'ai légèrement modifié les incantations. Lorsqu'ils ont franchi la septième défense, ils ont déclenché les deux dernières. Ces guerriers ne s'éveilleront pas, et ne sortiront plus de leur tombe pour aller massacrer des innocents au nom de Dagoth. (Il sourit à Malak.) Comprends-tu à présent pourquoi je ne pouvais déclencher toutes les défenses en même temps?

Conan se mit en selle et déclara :

– Il est bien qu'ils ne puissent plus nous suivre, mais nous devons partir si nous voulons atteindre Shadizar à temps pour la cérémonie de ce soir. Je ne laisserai pas Bombatta me priver de la résurrection de Valéria.

Akiro cessa de sourire.

– Conan, je ne t'ai rien dit parce que je croyais que nous allions mourir et qu'il est sans objet d'accabler un homme réduit à l'impuissance. Je crains qu'il ne soit déjà trop tard. J'ai tenté d'intervenir quand il en était encore temps, avant qu'elle ne pénètre dans le brasier, mais je n'ai pas été assez rapide.

– Tu radotes, Akiro, grommela Conan. Exprime le fond de tes pensées et ne me fais pas perdre mon temps.

– J'ai lu sur les plaques que le Rite de l'Eveil dure trois nuits. Chaque nuit, une jeune fille est sacrifiée; la troisième nuit, c'est au tour de Celle qui apporte la Corne : l'Innocente. Jehnna.

– Tu dois te tromper, espéra Zula. Même Bombatta ne l'aurait pas conduite vers un tel destin.

– Bombatta l'a appelée l'Unique, il sait qu'elle va mourir.

Conan toucha l'amulette suspendue à son cou. Il souffrait et eût voulu hurler. Valéria.

– Jehnna ne mourra pas, dit-il, les dents serrées.

– J'aime bien cette fille, protesta Malak. Mais, par les Fesses Sacrées de Badb, nous sommes épuisés et nous ne pourrons pas atteindre Shadizar avant la tombée du jour si nos montures meurent d'épuisement.

– Lorsque mon cheval tombera, je courrai, puis je ramperai, rétorqua Conan. Mais je jure devant les dieux que Jehnna survivra si ma mort peut la sauver.

Sans attendre de s'assurer que les autres le suivaient, il fit partir son cheval et entama une course éperdue contre le soleil.

21

Du balcon, Taramis observait la cour dallée de marbre et le Dieu Endormi. Il reposait sous un dai de soie dorée destiné à le protéger du soleil, et une vingtaine de prêtres en robe et couronne d'or étaient agenouillés autour de lui et psalmodiaient des prières. Depuis la Première Onction, des prêtres avaient toujours été présents pour prier Dagoth, avec une seule interruption au cours de la nuit précédente, lors de la Seconde Onction.

Taramis parcourut du regard les autres balcons, tout en sachant qu'aucun non-initié ne s'y trouvait. Depuis trois jours, cette partie du palais était interdite aux esclaves et aux servantes. Ce n'était pas cela qui la tourmentait. Elle connaissait la nature de ce qui l'inquiétait, mais refusait d'y penser.

En hésitant, elle regarda le soleil puis détourna les yeux. La sphère jaune distendue avait déjà dépassé le zénith, et c'était au cours de la nuit prochaine que les étoiles auraient dans le ciel une configuration qui ne se reproduirait qu'un millénaire plus tard. Si Bombatta ne lui ramenait pas Jehnna dans les prochaines heures, et si la jeune fille ne détenait pas ce qu'elle était partie chercher... Taramis se mordit la lèvre inférieure. Elle refusait de mourir en sachant que puissance et immortalité reviendraient à une autre personne, dans un millier d'années.

Une petite toux déférente la fit pivoter, prête à frapper celui qui osait la déranger.

Xantéres se tenait sur le seuil, l'expression aussi bienveillante que jamais, mais les yeux luisants de joie.

– Elle est revenue, annonça-t-il. Bombatta l'a ramenée.

Taramis renonça à toute dignité pour passer devant le prêtre à la barbe blanche et courir dans les couloirs et les escaliers en direction du vestibule aux colonnes d'albâtre du palais. Et là, poussiéreux, déguenillés, épuisés par le voyage, se tenaient Bombatta et Jehnna. La jeune fille serrait un paquet maculé contre sa poitrine. Taramis ne prêta pas attention au guerrier en cuirasse noire et s'adressa à sa nièce.

– L'as-tu? Par tout ce qui est saint et sacré, mon enfant, l'as-tu?

D'un geste hésitant, Jehnna lui tendit le paquet. Elle titubait et, si Taramis comprit qu'elle était épuisée, elle savait que le temps du repos n'était pas encore venu. Des choses plus importantes restaient à régler.

La princesse zamoréenne se tourna vers le grand prêtre et Xantéres présenta respectueusement un coffret doré dans lequel se trouvaient des supports de cristal.

– Place tes trésors dans cette cassette, mon enfant, ordonna Taramis.

Jehnna sortit du paquet le Cœur sanglant d'Ahriman et le déposa dans le coffret. Taramis retint sa respiration. La laine blanche maculée tomba sur le sol de marbre, et elle vit la Corne de Dagoth dans les mains de sa nièce.

La Corne fut à son tour placée dans le coffret, et les mains de Taramis lui démangeaient du désir de la toucher. Pas encore, se rappela-t-elle. Pour l'instant, son contact était mortel pour quiconque, à l'exception de Jehnna. A regret, Taramis referma la cassette d'or.

– Emporte-la, ordonna-t-elle au grand prêtre. Garde-la, au prix de ta vie.

Xantéres s'inclina, puis s'éloigna, et Taramis reporta son attention sur Bombatta et Jehnna, qui titubait toujours.

– Où sont les préposés aux bains ? demanda Taramis. Devrai-je faire fouetter ces servantes stupides ?

Deux jeunes filles en robe blanche arrivèrent en courant et s'agenouillèrent devant la princesse.

– Dame Jehnna est épuisée par son voyage, leur annonça Taramis. Vous devez la baigner, la masser et la vêtir ainsi qu'il le convient.

Jehnna adressa un sourire chaleureux à sa tante.

– Il est si agréable de vous revoir. Il me semble que je n'ai pas pris de bain depuis des années. Mais où sont Aniya et Lyella ?

Les jeunes filles devinrent livides et Taramis se hâta de meubler le silence.

– Elles sont malades, mon enfant. Tu les verras plus tard. Emmenez-la ! Ne voyez-vous pas qu'elle est sur le point de s'effondrer ? (Elle les regarda conduire Jehnna hors du vestibule, puis se tourna vers Bombatta et lui sourit.) Tout est accompli.

– Effectivement.

Mais ce qu'elle lisait dans son regard l'incita à froncer les sourcils.

– Le voleur ? Est-il mort ?

– Il est mort.

– Tu l'as transpercé de ton épée ?

– Non, mais...

Taramis le souffleta avec force.

– Lorsque l'Unique détiendra la Corne, le voleur aux yeux couleur du ciel devra mourir, cita-t-elle. S'il vit, le danger viendra sur son épaule et la mort chevauchera sa main droite. Tu connais pourtant les termes de la prophétie !

– Il se trouve enseveli sous la moitié d'une montagne.

– Imbécile ! Il fallait transpercer son cadavre... Je ne veux pas courir de risques, Bombatta. Je suis trop près du but. Fais tripler la garde !

– Pour un voleur qui est certainement mort ?

– Fais-le ! Pas même une souris ne doit franchir les murailles du palais sans être transpercée par une lance.

Sans attendre de réponse, elle s'éloigna. Elle avait finalement la Corne en sa possession et, si elle ne pouvait la toucher, rien ne lui interdisait de l'admirer. Elle en éprouvait le besoin impérieux.

Shadizar était appelée « l'Inique », et rien n'aurait pu surprendre ses habitants. Cependant, la foule présente dans les rues s'écarta au passage des quatre personnages qui pénétrèrent dans la cité au crépuscule. Leurs chevaux étaient épuisés et écumants, et les quatre cavaliers semblaient aussi las que leurs montures. On lisait malgré tout une détermination farouche dans leur regard, et plus particulièrement dans les étranges yeux bleus du jeune géant qui les guidait. Même les Gardes de la Cité jugèrent plus prudent de les laisser tranquilles.

Conan connaissait une écurie proche du palais de Taramis et, sitôt après avoir remisé leurs chevaux, il se mit à courir dans les rues.

Akiro dut faire un effort pour le rattraper.

– Ralentis, l'ami. Il faut élaborer un plan d'action.

Malak et Zula vinrent les rejoindre.

– Nous n'en avons pas le temps, grommela Conan. Peut-être n'avez-vous pas regardé le soleil ?

Le palais de Taramis apparaissait devant eux. Ses hautes portes étaient closes, et six guerriers armés de lances étaient de faction devant elles. Sur les murailles, de nouveaux gardes arrivaient, et ils entourèrent finalement le palais à deux pas de distance l'un de l'autre.

Le sorcier poussa Conan vers une ruelle.

– Vas-tu décider ce que nous ferons ?

Malak déroba une orange dans la carriole d'un marchand de fruits arrêtée près de la ruelle. Le vendeur ouvrit la bouche, vit les compagnons du petit voleur et s'abstint de protester.

– Je n'en vois pas l'utilité, rétorqua sèchement Conan. Je dois tenter de sauver Jehnna, car j'en ai fait le serment, mais je sais que seule la mort peut résulter d'une telle tentative. Il est préférable que vous restiez ici.

– Je t'accompagne, déclara Zula. Je te dois la vie et je ne te laisserai pas tant que nous ne serons pas quittes.

– Vous êtes fous, déclara Akiro. Comptez-vous attaquer le palais comme si vous étiez toute une armée ?

Le vendeur de fruits était sidéré par leurs propos.

– Et toi, sorcier ? demanda Malak, la bouche pleine. Peux-tu nous aider par des incantations ou des sortilèges ?

– Il me serait possible de créer une sphère de feu capable de détruire cette porte comme si elle était en parchemin. Mais je devrais pour cela rester à découvert, ce qui me vaudrait certainement d'être transpercé par la lance d'un garde. Et vous resteriez seuls pour affronter deux cents guerriers, ou deux fois plus.

Les yeux exorbités, le vendeur de fruits s'empressa de s'éloigner à toutes jambes en poussant sa carriole.

– Cette idée ne me semble pas excellente, rit faiblement Malak. Mitra, qui pourrait croire qu'on fasse tant d'efforts pour pénétrer dans ce palais, compte tenu de ce que mon cousin a dû faire pour en sortir ?

– Je croyais que ton cousin était mort dans son cachot, fit distraitement remarquer Conan.

– Deux de mes cousins y sont morts, mais un troisième s'en est échappé... (Il se tut, comme Conan pivotait pour le fixer et qu'Akiro haussait interrogativement un sourcil.) Non, il est mort. Tous sont morts. Je ne connais aucun tunnel ou rien de la sorte. Je ne m'en souviens plus. Je le jure !

– Je pourrais lui briser le crâne, déclara pensivement Zula.

– Et il serait dans l'incapacité de parler, rétorqua Akiro. Mais il n'a pas besoin de sa virilité pour nous dire ce qu'il sait.

Conan se contenta de caresser la poignée de sa dague.

Le petit voleur porta son regard sur tous ses compagnons, puis soupira :

– Oh ! d'accord. Je vais vous montrer.

Conan lui fit signe de les guider, puis emboîta le pas à Malak qui s'éloignait.

L'homme suivit un parcours sinueux dans des ruelles rendues glissantes par les immondices et puantes d'urine et d'excréments. Finalement, il pénétra dans un immeuble de pierre situé à plusieurs rues de l'enceinte du palais. Le Cimmérien le suivit vers le bas d'un escalier plongé dans l'obscurité.

– Il nous faut de la lumière, soupira à contrecœur Conan. Akiro ?

Et la lumière fut : une sphère de clarté qui reposait sur l'extrémité des doigts du sorcier. Ils se trouvaient dans une cave emplie de caisses disjointes et de barils éventrés. Poussière et toiles d'araignées recouvraient toutes choses. Akiro trouva une torche et enflamma le bout de bois.

– Il existerait un passage entre cette cave et le palais ? demanda Zula avec incrédulité.

Malak avançait à quatre pattes le long de la paroi, en comptant les larges dalles de pierre du sol.

– Ici, dit-il en désignant une dalle semblable aux autres. C'est celle-ci, si je m'en souviens bien.

– C'est préférable pour toi, fit Zula sur un ton menaçant.

Conan s'agenouilla près de la dalle. D'un côté, l'espace était juste suffisant pour lui permettre d'y glisser l'extrémité de ses doigts. Il souleva légèrement le bloc de pierre, affermit sa prise, et le souleva. Au-dessous s'ouvrait un puits obscur, un peu moins large que la dalle. Il prit la torche d'Akiro et la plongea dans l'ouverture. Les parois du puits étaient en pierre, et d'un côté se trouvaient des niches aménagées à égale distance les unes des autres.

– Ah! s'exclama Akiro. Celui qui a construit ce palais était un homme sage. Il est toujours prudent de doter d'une ou deux issues la plus inexpugnable des forteresses. Il doit en exister d'autres.

Conan laissa pendre ses jambes dans le puits.

– Ce tunnel nous conduira à l'intérieur de l'enceinte du palais.

– N'oublies-tu pas les deux cents gardes? demanda Malak. Entrailles de Sigyn, Cimmérien, ils ne seront pas moins nombreux parce que tu seras à l'intérieur.

– Tu as raison. Nos chances de réussite sont toujours aussi faibles. Tu as fait ta part, mon ami. Inutile de nous suivre.

Zula cracha et Malak grimaça.

– J'espère que les joyaux d'Amphrates valent autant d'or que je le pense.

Avec un sourire sans joie, Conan entama sa descente.

22

A l'approche du crépuscule, Taramis contemplait à nouveau la cour où reposait le Dieu Endormi. Le dai avait été ôté, et d'autres prêtres priaient autour de Dagoth. Ses quatre gardes du corps et six guerriers d'élite choisis par Bombatta étaient de faction dans cette cour, et cela l'ennuyait. S'ils savaient quelle divinité ils servaient ! Ils n'avaient jamais assisté à aucune cérémonie, et nulle personne non initiée n'aurait dû être présente cette nuit-là. Cependant, la stupidité de Bombatta avait rendu ces mesures nécessaires.

Il était naturellement improbable que Conan eût survécu et, même s'il vivait, ce n'était pas un simple voleur qui pourrait contrecarrer ses projets. Les Manuscrits de Skelos mentionnaient pourtant cette possibilité... Non, ils annonçaient explicitement l'existence d'un grave danger en cas de survie du voleur. Et cet imbécile de Bombatta n'avait rien trouvé de mieux que d'aller bouder quelque part dans le palais, parce qu'elle lui avait fait des reproches. Elle devrait prendre des mesures à son sujet, dès que tout serait terminé.

Après avoir adressé un ultime regard au ciel qui s'assombrissait, elle regagna ses appartements. Il lui restait encore bien des choses à accomplir.

Elle sortit une papillote de parchemin d'un coffre d'ébène incrusté d'argent, puis versa du vin dans une coupe d'or ciselé. Le parchemin contenait une poudre blanche qui fut rapidement dissoute par le vin. Une deuxième coupe se trouvait sur le plateau laqué. Si cette poudre n'avait rien de magique, elle était efficace et ne possédait aucun goût. L'emploi de sortilèges était prohibé, au cours de cette nuit, à l'exception de ceux propres au Rite de l'Eveil.

Elle claqua des mains et donna un ordre à une

esclave vêtue d'une courte tunique blanche qui apparut aussitôt.

– Va dire à Dame Jehnna que je veux la voir.

L'attente serait brève, désormais.

Plié en deux, et tenant la torche à bout de bras, Conan courait dans le tunnel dont les parois de pierre étaient grises de moisissure.

– Pas si vite, se plaignit Malak. Par les Os de Mitra, celui qui a creusé ce passage aurait pu lui donner une hauteur suffisante pour permettre à un homme de s'y tenir debout.

– Il est presque à ta taille, lui rétorqua Zula.

Elle donna un petit coup de bâton dans les côtes du voleur, afin de lui faire presser le pas. Mais si Malak la foudroya du regard, il se contenta de dire :

– J'espère que nous trouverons des marches, à l'autre extrémité. La perspective d'une escalade de cinquante pas au sein de l'obscurité ne m'enthousiasme guère.

Conan jura en découvrant qu'un mur barrait le passage, avant de prendre conscience qu'en ce point le plafond était plus élevé. Il se redressa et découvrit qu'il se trouvait à l'intérieur d'un puits semblable à celui qu'ils avaient emprunté pour descendre. Des niches avaient été aménagées dans une paroi, et il en entreprit aussitôt l'escalade.

– Attends, lui dit Akiro d'une voix rauque. Tu ignores ce qui se trouve là-haut.

Conan n'interrompit pas son ascension. Sa tâche n'était pas aisée, avec une torche à la main. Il lui fallait conserver un équilibre précaire pendant que sa main libre s'élevait vers la prise suivante. La moindre hésitation eût provoqué sa chute jusqu'au bas du conduit vertical. En outre, lenteur et méthode s'imposaient, alors que Conan était pressé par le temps.

Un candélabre de fer noir saillait de la paroi de

pierre en face de la dernière niche, et le puits était obstrué par une pierre plate. Un anneau était scellé en son centre, sans doute pour faciliter la fermeture du passage derrière des fuyards. Rien ne fermait le tunnel à l'autre extrémité, mais nul n'était censé l'emprunter pour gagner le palais.

Conan glissa la torche dans le support et se brûla le dos en repoussant la pierre. Elle bascula, et le Cimmérien découvrit un cachot uniquement éclairé par la faible clarté de sa torche. Le sol était recouvert de paille sèche et friable, et une créature poussa de petits cris puis s'enfuit devant le Cimmérien qui se hissait hors du puits.

Conan gagna la lourde porte de la geôle. A l'extérieur du battant, une plaque de fer recouvrait la lucarne par laquelle les gardes pouvaient surveiller les prisonniers. Une légère poussée lui apprit que le verrou n'était pas tiré. Il entrebâilla lentement la porte et grimaça en entendant les plaintes de ses gonds. Le couloir était désert et obscur.

– Tu aurais dû attendre, lui reprocha Akiro qui sortait du puits. Tu ne pouvais savoir où tu arriverais.

– Il fallait que ce soit un cachot. Le cousin de Malak n'aurait pu s'enfuir de la salle commune ou de la chambre de Taramis.

Le vieux sorcier le fixa, visiblement surpris.

– C'est logique. Je ne me serais pas attendu à de telles déductions de ta part. Tu as pour habitude de régler tes problèmes avec ton épée, plutôt qu'avec ton esprit.

Malak, que Zula aidait à grimper dans la cellule, rétorqua sur un ton offensé :

– Comment sais-tu que mon cousin ne s'est pas échappé de la chambre de Taramis ? Aucune femme ne sait résister au charme des membres de ma famille.

Zula renifla et Malak rouvrit la bouche, mais Conan coupa court à toute discussion.

– Plus tard, dit-il.

Il se glissa dans l'autre salle.

Choisir leur direction était aisé. D'un côté régnait une obscurité profonde, et de l'autre il discernait une pâle lueur. Conan posa sa torche sur le sol et dégaina son épée pour s'avancer vers la lumière. Arrivé à l'extrémité du couloir, le Cimmérien s'immobilisa.

Il s'agissait de la salle des gardes. De l'autre côté de la vaste pièce carrée illuminée par des torches glissées dans des candélabres de fer, un escalier montait vers la surface. Entre cette issue et Conan se trouvait une table à laquelle était assis le geôlier : un grand homme chauve, avec autant de poils sur les bras et les jambes qu'il en avait autrefois eu sur le crâne. Il mâchonnait un morceau de viande, tout en se grattant sous son justaucorps de cuir. Il était tourné vers Conan, et il lui serait possible de gravir la moitié des marches et de donner l'alarme avant que le Cimmérien eût atteint la table.

Conan s'apprêtait à tenter le tout pour le tout, lorsque Zula lui toucha le bras et secoua la tête. Rapidement, elle retira la bande de tissu qui couvrait ses seins et la glissa dans le pagne qui ceignait ses hanches. Malak s'humecta les lèvres, mais elle l'ignora et arbora un sourire avenant pour s'avancer dans l'autre pièce. Elle tenait sa trique comme s'il s'agissait d'un bâton de marche.

L'homme chauve se figea, le morceau de viande à mi-chemin de sa bouche.

– Par les Neuf Enfers de Zandru, d'où sors-tu? gronda-t-il. Tu n'es pas une prisonnière.

Sans répondre, Zula se rapprocha de lui en accentuant les balancements de ses hanches.

Le geôlier jeta le morceau de viande sur la table et essuya sa bouche graisseuse du revers de la main, puis il se leva et se dirigea vers la femme noire.

– Tu ne devrais pas être ici, et tu risques d'être soumise à la question. Très pénible, la question. Pourquoi ne dis-tu rien? Tu as perdu ta langue? Sans importance. Si tu veux éviter les fers rouges et l'estrapade, ma belle, je te conseille de me considérer comme un dieu et l'unique amour de ta vie.

Il tendit le bras pour saisir Zula. Sans cesser de sourire, elle referma ses mains sur son bâton qu'elle fit remonter avec force vers l'entrejambe de l'homme. Il poussa un cri étranglé et ses yeux parurent sur le point de jaillir de sa tête. Il se plia en deux, et le bâton effectua un tour complet pour s'abattre sur sa tempe. Avec un soupir, le garde s'effondra sur le sol. Posément, Zula replaça la bande de toile sur ses seins.

– Très efficace, fit remarquer Akiro en souriant.

Les autres vinrent la rejoindre, et Malak prit bien soin de ne pas porter le regard vers sa poitrine.

Conan ne perdit pas de temps. La tombée de la nuit pesait sur lui comme un bloc de rocher posé sur ses épaules. L'épée au poing, il gravit quatre à quatre les marches de pierre.

– Vous désirez me voir, ma tante? demanda Jehnna depuis le seuil.

Taramis lui adressa un sourire qu'elle espérait chaleureux. Sa nièce avait encore un dernier rôle à tenir et les servantes l'y avaient préparée. De la soie noire épousait les douces courbes de son corps, ses longs cheveux tombaient librement sur ses épaules, et nulle trace de fard ne rehaussait sa beauté. Le visage naturel de l'innocence et la soie noire de la nuit. Sa tenue contrastait avec la robe de soie écarlate de Taramis, fendue pour mettre en valeur ses rondeurs séduisantes devant le dieu.

– Oui, mon enfant, répondit-elle. Tu viens de connaître ta véritable naissance, et ce soir tu accompliras ton destin. Approche, nous allons boire pour célébrer ce grand jour.

Elle emplit la seconde coupe, puis tendit la première à sa nièce.

– Tu es une femme, désormais. Tu peux boire du vin.

Jehnna prit la coupe en hésitant et étudia son contenu vermeil.

– Je me suis souvent demandé quel était le goût de ce breuvage.

– Bois. Bois d'un trait.

Elle retint sa respiration, car Jehnna hésitait encore, puis libéra un soupir de soulagement. La jeune fille avait levé la coupe et bu comme elle le lui avait ordonné.

Jehnna eut un petit rire.

– Le vin me réchauffe et semble tourbillonner dans tout mon être.

– Te sens-tu étourdie ? C'est fréquent, la première fois.

– Je me sens... je me sens...

Elle n'acheva pas sa phrase et eut un petit rire.

Taramis prit la coupe d'or de ses doigts et étudia ses grands yeux. Les effets du vin n'étaient pas aussi rapides, même sur une personne qui n'en avait jamais bu.

– Agenouille-toi, mon enfant, dit-elle.

En souriant, comme s'il s'agissait d'une chose parfaitement naturelle, Jehnna s'exécuta.

Cette poudre était aussi efficace qu'un sortilège, pensa Taramis. Il n'y aurait aucun contretemps, au moment crucial.

– Relève-toi, mon enfant, dit-elle avant d'ajouter : Xantéres ! Elle est prête.

Le grand prêtre se précipita dans la pièce avec le coffret d'or. Il alla pour l'ouvrir, mais Taramis écarta sa main frêle. C'était à elle qu'il revenait de relever le couvercle. Elle vit à peine le Cœur rougeoyant d'Ahriman. Le lendemain, lorsqu'elle pourrait le toucher sans danger, il lui serait possible de réaliser des prodiges. Pour l'instant, seule la Corne de Dagoth avait de l'importance à ses yeux.

– Prends la Corne, mon enfant.

Et elle observa jalousement Jehnna dont les doigts se refermaient sur l'objet sacré.

Quatre coups de gong résonnèrent. Le moment fatidique approchait :

– Viens, mon enfant, lui dit Taramis.

Et, tenant la Corne de Dagoth devant elle, Jehnna se dirigea vers son destin.

Conan suivait un couloir d'une démarche prudente et silencieuse, sans faire cas des tapis vendhyens ou des anciennes tapisseries iranistiennes. Ses compagnons le suivaient en restant sur leurs gardes. Le palais était empli de soldats, et ils avaient déjà dû se dissimuler dans des salles latérales afin de laisser passer des groupes d'hommes en armure noire. Ils étaient pressés par le temps mais ne pouvaient engager le moindre combat sans que l'alarme fût donnée. Taramis serait informée de leur présence, ce qui aurait des conséquences fatales pour Jehnna.

Le Cimmérien atteignait l'intersection de deux couloirs, et les légers craquements d'une cuirasse lui sauvèrent la vie. Deux gardes étaient de faction, adossés aux murs qui les avaient jusqu'alors dissimulés. Ils portèrent la main vers la poignée de leur sabre dès qu'ils le virent, et Conan fut contraint de passer à l'action.

Les deux mains serrées sur la poignée de son épée, il pivota vers la gauche et transperça la cuirasse d'un soldat qui dégainait, dégagea la lame et poursuivit son mouvement. L'autre homme commit l'erreur de lever son sabre, plutôt que de tenter un coup d'estoc, et la pointe de l'épée du Cimmérien entailla sa chair. Il abaissa instinctivement les bras. Conan acheva son tour sur lui-même et effectua un pas en avant. La lame pénétra dans le casque de cuir et un second cadavre s'effondra sur le sol.

Malak siffla et Zula ne put taire son admiration.

– Tu es rapide. Je n'ai jamais vu...

– Ces hommes, l'interrompit Conan. Leurs corps seront découverts ou leurs supérieurs noteront leur disparition.

– Veux-tu dire que la garnison va bientôt savoir que nous sommes dans le palais ? demanda Malak d'une voix aiguë. Par la Croupe squelettique de Danh !

– Regagne les cachots, lui conseilla Zula sur un ton méprisant. Rien ne t'empêche de suivre le tunnel vers la sécurité.

Malak grimaça et prit ses dagues.

– J'ai toujours rêvé de devenir un héros, répondit-il sans enthousiasme.

Conan leur ordonna de se taire.

– La prudence n'est plus de mise, déclara-t-il. Nous devons retrouver Jehnna. Et vite !

Il bondit, tel un félin, aiguillonné par la nuit qui obscurcissait le ciel.

Un murmure de respect mêlé de crainte s'éleva des rangs des prêtres lorsque le petit cortège entra dans la cour centrale. Taramis fut emplie de fierté. Elle savait que cet hommage s'adressait à la jeune fille, l'Unique, ainsi qu'à la Corne de Dagoth qu'elle rapportait, mais rien de tout cela n'aurait pu avoir lieu sans elle.

La princesse s'écarta d'un pas pour leur permettre de mieux voir Jehnna et la Corne sacrée, et les prêtres s'agenouillèrent. Xantéres, qui avait troqué le coffret contre son grand bâton orné d'un œil de diamant, vint prendre place de l'autre côté de la jeune fille. Il caressait sa longue barbe blanche, heureux d'avoir sa part d'adulation.

– Le Dieu Endormi ne mourra jamais, entonna Taramis.

– La foi est plus forte que la mort, répondit le chœur des prêtres.

Elle écarta les bras.

— Voici venue la Nuit de l'Eveil, car l'Unique est de retour !

— Gloire à l'Unique, qui sert le Dieu Endormi !

Les gardes qui se tenaient en retrait afin de ne pas gêner la cérémonie semblaient nerveux. Le son des flûtes s'éleva pour marquer le début des litanies du sacrifice et de la cérémonie de l'onction. Dans le ciel d'un noir velouté, les étoiles avaient une configuration qui ne se reproduirait que dans un millier d'années. Le moment était venu.

Puissance, pensa Taramis. Puissance et immortalité lui appartenaient.

Conan s'arrêta brusquement en voyant un homme surgir devant lui dans le couloir. Un colosse en cuirasse noire qui avait déjà dégainé son sabre.

— Je savais que tu passerais par ici, voleur, dit lentement Bombatta. Lorsque j'ai découvert les cadavres, j'ai su que tu vivais encore et que tu te précipiterais vers la cour centrale pour sauver Jehnna. Mais si elle ne peut m'appartenir, nul mortel ne la possédera. Elle sera sacrifiée au dieu.

Il leva son sabre. Conan fit signe à ses compagnons de reculer et se rapprocha de son adversaire. Dans ce couloir, ils pourraient uniquement le gêner. Le Cimmérien prit son épée à deux mains et la brandit devant lui.

— Aurais-tu perdu ta langue ? lui demanda Bombatta. Dans quelques instants, Jehnna sera sacrifiée au cœur même de ce palais. Avoue ton désespoir, voleur, avant que ta mort ne me console de sa perte !

— Le temps n'est plus aux paroles, rétorqua Conan. Mais aux actes.

Les deux armes s'abattirent en même temps. Les chocs sonores de l'acier contre l'acier résonnaient dans le couloir, alors que les lames tissaient une dentelle mortelle entre les deux hommes. Attaques et contre-attaques, offensives et ripostes se succédaient si rapidement que les lames évoquaient des éclairs.

Brusquement, la longue épée de Conan lui fut arrachée des mains et une expression triomphante métamorphosa les traits de Bombatta. Cependant, Conan lança son pied et le sabre du Zamoréen s'envola à son tour. Les deux hommes se ruèrent l'un vers l'autre, pour lutter au corps-à-corps. Ils tentèrent vainement de saisir leurs dagues, puis les énormes mains de Bombatta se refermèrent sur la tête de Conan et la tordirent. Le Cimmérien agrippa le casque de son adversaire : une main sur sa bordure inférieure, l'autre au-dessus du nasal. Leurs pieds se déplacèrent, en quête d'un nouvel équilibre, et leurs halètements ponctuèrent désormais le combat.

Un léger craquement se fit entendre, et Conan découvrit qu'il soutenait un corps inerte. Il continua de fixer un instant les yeux noirs du guerrier que la mort voilait lentement, puis lâcha son cadavre.

– Le temps presse, lui rappela Zula. Et nous ne savons toujours pas où se trouve Jehnna.

Tout en se massant le cou, Conan récupéra son épée.

– Si, il nous l'a appris. La cour principale, au centre du palais.

– Et il a ajouté qu'elle serait sacrifiée dans quelques instants, lui rappela Malak.

– Alors, ne perdons pas de temps en vaines paroles, répondit Conan. Venez.

– Ô grand Dagoth, entonna Taramis. En cette Nuit de l'Eveil, tes serviteurs sont venus vers toi.

Le chant des flûtes devint frénétique. Taramis et Xantéres prirent les bras de Jehnna, afin de la guider vers la tête du dieu au front enlaidi par la cavité sombre. Tenant la Corne devant elle, Jehnna s'avança sans opposer la moindre résistance.

– Ô grand Dagoth. En cette nuit de l'Eveil, tes serviteurs t'appellent, psalmodia la princesse, avant de murmurer : la Corne, mon enfant. Place la Corne sur le front de Dagoth.

Jehnna cilla. Elle hésitait, et Taramis retint sa respiration. Elle craignait que l'effet de la poudre n'eût cessé. Mais la jeune fille inséra lentement la base de la Corne d'or dans la cavité qui apparaissait sur le front de la divinité.

Un frisson parcourut le corps d'albâtre. La pierre perdit sa dureté et acquit la nuance de l'épiderme. Ses paupières battirent.

Taramis fut transportée de soulagement. Plus rien ne pourrait arrêter le processus. Le Dieu Endormi s'éveillait, et la Corne n'était plus sacro-sainte. Mais il fallait achever la cérémonie, sans perdre de temps.

– Ô grand Dagoth ! Accepte ceci, notre offrande et notre gage. Accepte ta troisième onction, l'Onction de l'Unique.

Jehnna ne réagit pas lorsque Xantéres referma sa main gauche dans ses cheveux et inclina sa tête vers celle du dieu. Une dague dorée luisait dans la main du prêtre.

Conan arriva dans la cour principale et vit les gardes en armure noire, les prêtres agenouillés, le géant cornu qui revenait lentement à la vie. Et Jehnna, dont le cou s'offrait au couteau que tenait le prêtre à la barbe blanche.

Il ne lui fallut qu'un instant pour voir tout cela. Il passa son épée dans sa main gauche et en abattit le pommeau sur le casque d'un garde, tout en lui arrachant sa lance. Le couteau descendait vers la gorge de Jehnna, lorsqu'il lança la lance, et l'outil du sacrifice tomba sur les dalles de marbre pendant que l'homme à la barbe blanche refermait ses mains sur la hampe noire qui le traversait de part en part et poussait un gémissement.

Puis ce fut le chaos. Les gardes pivotèrent pour attaquer Conan, qui découvrit brusquement Malak à son côté. Zula traversa la cour en écartant les prêtres de son passage à coups de bâton, pour saisir le bras de Jehnna et l'éloigner du corps démesuré qui frissonnait.

– Il est encore temps, hurla Taramis. Le sacrifice doit être effectué ! Il le faut !

Elle s'agenouilla pour récupérer le couteau que Xantéres avait lâché.

Et Dagoth s'assit; un géant à la beauté trop parfaite pour être un simple mortel, avec une corne d'or qui saillait de son front. Ses mouvements semblèrent engendrer un vent glacial et tous se figèrent. Sa tête pivota, et ses grands yeux dorés parcoururent la cour. Brusquement, il rejeta sa tête en arrière et hurla. Dagoth exprimait une souffrance jusqu'alors inconnue à la surface de la Terre.

Conan découvrit qu'il pouvait à nouveau se mouvoir, comme si ce son terrifiant l'avait libéré de sa paralysie. Il affermit sa prise sur son épée et s'apprêta à se battre, mais les gardes qui lui faisaient face jetèrent leurs lances et prirent la fuite.

Le corps du dieu se plissait, et des nœuds semblaient se former sous son épiderme. Il s'enflait, se tordait, grandissait et se métamorphosait. Sa peau devint rugueuse. Ses sourcils s'affaissèrent et sa mâchoire s'avança. Des crocs dépassaient désormais de ses lèvres. Ses bras et ses jambes étaient devenus plus massifs, et des griffes apparurent à l'extrémité de ses doigts. Puis la peau de son dos se fendit et des ailes membraneuses semblables à celles d'une chauve-souris gigantesque se déployèrent. Dagoth se dressa, grotesquement viril, voûté et difforme. Seuls ses yeux d'or étaient restés inchangés.

Ils se posèrent sur Taramis qui demeurait agenouillée et serrait toujours la dague contre son sein, le visage métamorphosé par l'horreur.

– Toi !

C'était comme si le tonnerre avait parlé.

– Taramis, tu t'es offerte à moi par un serment !

De l'espoir put se lire sur les traits de la princesse.

– Oui, murmura-t-elle avant de se relever et de courir vers le dieu. Je me suis promise à toi. Et tu me donneras en échange puissance et immortalité. Tu...

Des mains griffues la saisirent et l'attirèrent vers Dagoth, puis les ailes démesurées se replièrent sur elle et la dissimulèrent. Un gémissement cristallin de souffrance et d'incrédulité s'éleva, puis les ailes se déployèrent à nouveau et Dagoth jeta de côté une robe de soie écarlate.

– Ainsi en est-il de connaître un dieu, et d'être connue par lui ! gronda le tonnerre.

Zula s'était arrêtée pour fixer avec horreur le vêtement, unique vestige de Taramis. Jehnna se tenait à côté d'elle, sans sembler avoir conscience de ce qui se passait.

Conan bondit vers elles, pour les pousser en direction des murs du palais.

– Courez ! ordonna-t-il.

Et ils prirent la fuite.

– Non, mortel ! ordonna la voix grondante. Elle est l'Unique, et l'Unique m'appartient !

Dagoth fit un pas et Conan sentit le sol trembler sous ses pieds. Les deux femmes ne pourraient jamais distancer cette créature monstrueuse. Pour la première fois de son existence, Conan se tourna pour affronter un adversaire en sachant à l'avance qu'il ne pourrait le vaincre.

Et une sphère de feu siffla au-dessus de sa tête, en direction de Dagoth. La boule ignée rebondit sur la poitrine du dieu comme un caillou lancé contre une montagne, mais elle fut suivie par une autre, et une autre.

– Cours, Cimmérien ! cria Akiro. Cours, par Erlick ! Je ne pourrai le retenir éternellement.

Les ailes de Dagoth se raidirent, puis claquèrent derrière son dos dans un bruit de tonnerre. Et, comme si ce son avait accompagné un éclair invisible, Akiro fut soulevé dans les airs et projeté en arrière.

Puis Dagoth s'adressa à Conan :

– Tu oses t'opposer à un dieu, pauvre mortel? Connais la peur que doit inspirer un tel acte!

Et le Cimmérien fut assailli par une terreur viscérale, si profonde qu'il lui semblait que ses os se fendaient. Des vagues de panique venaient se briser sur lui et l'emportaient bien au-delà de la connaissance de la civilisation, du feu ou de la parole. Il était redevenu une créature primitive, un être qui ne connaissait qu'une parade à la peur : l'attaque.

Son épée entaillait profondément la chair du dieu, et le rire de Dagoth évoquait une tempête alors que ses blessures se cicatrisaient au même instant où elles étaient ouvertes. Ses mains griffues saisirent le Cimmérien et le portèrent vers sa bouche béante, mais Conan abattait toujours son épée avec une fureur à laquelle seule la mort pourrait mettre un terme.

Des paroles indistinctes parvinrent cependant jusqu'au cerveau du Cimmérien.

– La Corne!

Une partie de son être essayait de comprendre, alors que tout le reste ne pensait qu'à tuer. Akiro.

– Une seule chose en lui est vulnérable, criait le sorcier. Sa Corne!

Dagoth tenait Conan à la hauteur de ses yeux d'or, et l'humain soutint bravement son regard. Sa peur avait été chassée par sa folie meurtrière, qui lui imposait de tuer ou de mourir.

Le Cimmérien éclata de rire et lâcha son épée pour saisir la corne de Dagoth. Ce fut comme si ses doigts étaient frappés par la foudre, mais il n'en rit que plus fort. Ses larges épaules se nouèrent et il arracha la corne d'or de la tête monstrueuse. La souffrance voila les yeux d'or du dieu, et sa bouche s'ouvrit pour déchiqueter l'humain qui l'avait mutilé. Mais Conan était toujours possédé par sa folie meurtrière. Il retourna la corne qu'il venait d'arracher et en planta la pointe dans le globe oculaire le plus proche.

Le précédent hurlement de Dagoth n'était qu'un murmure comparé à celui qu'il poussa alors. Conan fut projeté dans les airs et alla s'écraser sur le sol de marbre. Le cri monta dans les aigus, puis devint brusquement inaudible. Le crâne du Cimmérien vibrait et des dagues chauffées à blanc semblaient transpercer ses tympans. Les mains sur les oreilles, il tenta de se relever. Il devait se battre. Il devait tuer. Il devait...

Une parcelle de lucidité lui revint au sein de la douleur, et il comprit qu'il voyait des étoiles. Au travers du corps de Dagoth. L'être gigantesque se dressait toujours au centre de la cour et, entre les doigts de ses mains griffues collées à son visage, apparaissaient des gouttes de sang semblables à des rubis qui s'enflaient puis tombaient à ses pieds pour se briser telles des perles de cristal. Mais alors même que le Cimmérien le fixait, l'être devenait plus sombre, indistinct. Seuls ses contours se découpaient encore contre le ciel. Puis il disparut brusquement, et avec lui la torture à laquelle Conan était soumis.

Le Cimmérien parcourut la cour du regard. Les prêtres avaient fui, et les seuls gardes encore présents étaient ceux que lui et Malak avaient tués. Accroupie à côté de Jehnna, Zula la berçait entre ses bras.

– Lorsque tu as arraché la corne de ce dieu, Jehnna s'est évanouie, lui dit la femme noire. Mais je crois qu'elle n'a rien.

– Hé, Conan ! cria Malak.

Le petit voleur était adossé à une colonne de marbre et Akiro, qui se déplaçait avec raideur comme s'il était couvert d'ecchymoses de la tête aux pieds, nouait une bande de tissu autour de sa cuisse.

– J'ai reçu un coup de lance, mais nous sommes vainqueurs. Par les Bourses d'Hannuman, Conan, nous avons gagné !

– Sans doute, répondit Conan avec lassitude.

Il referma ses doigts sur l'amulette suspendue à son cou et la serra comme s'il voulait la broyer.

– Sans doute.

ÉPILOGUE

Depuis un balcon d'albâtre de l'immense palais de marbre, Conan regardait le soleil apparaître à l'horizon. C'était la deuxième fois qu'il assistait au lever du jour depuis ce balcon. Un jour et une nuit pour se reposer, réfléchir et prendre des décisions. C'était chose faite. Il avait donné des ordres.

— Seigneur Conan, lui dit une servante qui arrivait derrière lui. La princesse Jehnna souhaiterait que vous l'ho-honoriez de votre présence.

La servante rougit, honteuse d'avoir bégayé tant elle était surprise qu'une princesse zamoréenne eût donné à sa convocation une forme de supplique.

— Je ne suis pas un seigneur. Mais conduis-moi à la princesse Jehnna, s'empressa-t-il d'ajouter avant qu'elle pût s'empourprer encore plus.

La pièce tendue de tapisseries dans laquelle il fut conduit servait aux audiences privées. L'estrade ne possédait qu'une seule marche et le trône était un simple siège d'ébène poli à haut dossier, privé d'ornements. Jehnna y avait belle apparence, dans sa robe de soie blanche. Les autres s'étaient également remis de leurs épreuves. Malak caressait subrepticement une coupe d'or; Akiro paraissait impatient de prendre congé avec les rouleaux de parchemin qu'il tenait sous le bras; et Zula, qui s'appuyait à son bâton à côté du trône de Jehnna, semblait se prendre pour sa garde du corps.

— Conan, lui dit Jehnna lorsqu'il entra. C'est fait. Le

roi Tiridates a confirmé mon titre de nouvelle princesse royale de Zamora et m'a attribué les biens de Taramis.

– Vous m'en voyez ravi, dit-il.

Elle fronça les sourcils, semblant en douter, mais se remit presque aussitôt à sourire.

– Mes amis, je vous ai demandé de venir car j'ai une faveur à demander à chacun de vous. Tout d'abord à Malak. (Le petit homme lâcha la coupe, comme si elle était devenue brûlante.) Je vous demande de rester ici avec moi, Malak, de vivre dans ce palais. Je ne veux pas risquer d'oublier qu'un homme peut manquer de finesse, et être cependant bon et courageux.

– Même ma mère n'a jamais dit que j'étais bon, protesta faiblement Malak dont les yeux se posèrent à nouveau sur la coupe. Mais j'accepte de rester dans ce palais. Pendant un certain temps, tout au moins.

– En ce cas, il serait préférable de charger un garde de le surveiller, déclara sèchement Akiro qui sourit en notant que Malak le foudroyait du regard.

– Vous aussi, Akiro, dit Jehnna. Vous devez rester auprès de moi. Vous êtes un homme plein de sagesse, et j'aurai besoin de vos conseils dans les jours et les années à venir.

– C'est impossible, rétorqua le sorcier. Vous m'avez donné les Manuscrits de Skelos, et les shamans de la frontière kothienne pratiquent toujours des rites immondes auxquels j'ai juré de mettre un terme.

– Je puis vous donner des soldats pour régler ce problème, lui dit Jehnna avant d'ajouter sournoisement : en outre, Taramis a accumulé tant d'objets et de traités de magie qu'ils emplissent plusieurs pièces. Vous serez naturellement libre de les étudier pendant votre séjour.

– Des soldats pourraient sans doute régler leur compte à ces shamans de pacotille. Heu... combien de pièces, plus exactement ?

– Très nombreuses, répondit Jehnna, avant de rire.

Zula, tu m'as démontré qu'une femme ne doit pas nécessairement tenir le rôle que les autres lui imposent, mais il te reste encore beaucoup à m'apprendre. Le maniement du bâton, par exemple.

La femme noire eut un soupir.

– Je regrette, mais je dois la vie à Conan et il me faudra le suivre jusqu'au jour où il me sera poss...

– Non ! objecta sèchement le Cimmérien. De telles dettes ne doivent pas être réglées de cette manière.

– Mais...

– Non, Zula. J'ai longuement réfléchi. Trouve une autre vie à sauver, et nous serons quittes.

La femme noire hocha lentement la tête avant de se tourner à nouveau vers la princesse.

– Je reste, Jehnna, et avec joie.

– Conan, dit alors Jehnna qui se hâta d'ajouter, avant qu'il pût l'interrompre : écoute, Conan. Reste auprès de moi. Viens t'asseoir à mon côté.

– C'est impossible.

– Pourquoi ? Par tous les dieux, je te veux et j'ai besoin de toi.

– Je vis de mon adresse et de mon épée. Voudriez-vous faire de moi un animal de compagnie ? C'est tout ce que je pourrais être, ici. Je ne suis pas fait pour les palais et la soie.

– En ce cas, je pars avec toi.

Elle se raidit, comme il éclatait de rire.

– Les Turaniens disent souvent que l'aigle ne court pas dans les collines et que le léopard ne vole pas dans le ciel. Cette existence vous rendrait aussi malheureuse que je le serais si je vivais dans un palais. Chaque jour, je dois me battre ou fuir pour rester en vie. Tel est mon destin, et vous ne pouvez le partager.

– Mais, Conan...

– Adieu, Jehnna, et que les dieux vous accordent le bonheur.

Il se détourna et quitta la pièce. Il crut l'entendre appeler son nom, mais refusa de regarder derrière lui.

Comme il en avait donné l'ordre, son cheval était sellé et l'attendait devant le palais.

Le soleil avait presque atteint le zénith lorsqu'il arriva auprès de l'autel rudimentaire érigé dans la plaine. Le vent avait tout recouvert de sable et de poussière, et il lui vint à l'esprit que Malak aurait quelques difficultés à retrouver l'emplacement où il avait enterré les joyaux d'Amphrates.

Il ôta de son cou l'amulette en forme de dragon et la déposa sur l'autel, puis il sortit de sa bourse la fiole qu'Akiro lui avait remise. Si longtemps auparavant, lui semblait-il. Certaines dettes ne pouvaient être remboursées à leur créditeur.

– Adieu, Valéria, dit-il doucement.

Puis il ôta le cachet de cire de la fiole et but son contenu.

Une douce chaleur remonta le long de ses membres, et il ferma les yeux. Lorsqu'il les rouvrit, cette sensation avait disparu. Il découvrit les fragments de la fiole écrasée dans son poing, et se demanda de quoi il s'agissait. Puis un reflet doré retint son regard. Un pendentif représentant un dragon était posé sur un étrange assemblage de pierres. Il se pencha, mais s'immobilisa avant que ses doigts ne se referment sur l'objet d'or. Une voix lui murmurait qu'il ne devait pas le prendre. De la sorcellerie, pensa-t-il.

Enfin, il y avait à Shadizar des montagnes d'or qui n'avaient rien de magique, ainsi que des filles faciles qui viendraient s'asseoir sur ses genoux et l'aider à dépenser son butin. Avec un rire, il lança son cheval au galop pour gagner la cité. Il ne fut pas une seule fois tenté de regarder derrière lui.

Science-Fiction et Fantastique

ALDISS Brian W.
L'autre île du Dr Moreau (1292★★)
Qui poursuit aujourd'hui les expériences du Dr Moreau ? Inédit.

ANDERSON Poul
La reine de l'Air et des Ténèbres (1268★★)
Ce n'est qu'une légende indigène, pourtant certains l'auraient aperçue. Inédit.
La patrouille du temps (1409★★★)
L'épopée des hommes chargés de garder l'Histoire.

ANDREVON Jean-Pierre
Cauchemar... cauchemars ! (1281★★)
Répétitive et différente, la réalité, pire que le plus terrifiant des cauchemars. Inédit.
Le travail du furet à l'intérieur du poulailler (1549★★★)
Les furets détruisent les malades. Inédit.

ASIMOV Isaac
Les cavernes d'acier (404★★★)
Dans les cités souterraines du futur, le meurtrier reste semblable à lui-même.
Les robots (453★★★)
D'abord esclaves, ils deviennent maîtres.
Face aux feux du soleil (468★★)
Sur Solaria, les hommes ne se rencontrent jamais ; pourtant un meurtre vient d'y être commis. *(oct. 84)*
Un défilé de robots (542★★★)
D'autres récits passionnants.
Cailloux dans le ciel (552★★★)
Un homme de notre temps est projeté dans l'empire galactique de Trantor.
La voie martienne (870★★★)
Une expédition désespérée.
Les robots de l'aube (2t. 1602 ★★★ et 1603★★★)
Ce roman conclut à la fois Les robots *et* Les cavernes d'acier.
Le voyage fantastique (1635★★★)
Une équipe chirurgicale miniaturisée opère dans le corps humain.

BAKER Scott
L'idiot-roi (1221★★★)
Diminué sur la Terre, il veut s'épanouir sur une nouvelle planète. Inédit.
Kyborash (1532★★★★)
Dans un monde archaïque, une histoire épique de possession et de vengeance. Inédit.

BESTER Alfred
Les clowns de l'Eden (1269★★★)
Un groupe d'immortels s'oppose à un ordinateur qui veut redessiner l'espèce humaine.

BRUNNER John
Tous à Zanzibar (2t. 1104 ★★★★ et 1105★★★★)
Surpopulation, violence, pollution : craintes d'aujourd'hui, réalités de demain.
Le troupeau aveugle (2t. 1233 ★★★ et 1234★★★)
L'enfer quotidien de demain.
Sur l'onde de choc (1368★★★★)
Un homme seul peut-il venir à bout d'une société informatisée ?
A l'ouest du temps (1517★★★★)
Est-elle folle ou vient-elle d'une région de l'univers située à l'ouest du temps ?

CHERRYH Carolyn J.
Chasseurs de mondes (1280★★★★)
C'était une race de prédateurs incapables de la moindre émotion. Inédit.
Les adieux du soleil (1354★★★)
L'agonie du soleil est le symbole du crépuscule de la civilisation sur Terre. Inédit.
Les seigneurs de l'Hydre (1420★★★)
Ils pourchassent les humains. Inédit.
Chanur (1475★★★★)
A bord d'un vaisseau extra-terrestre, une femme-chat découvre un humain. Inédit.
L'opéra de l'espace (1563★★★)
Chez les marginaux de l'espace, une aventure épique dont l'amour n'est pas absent. Inédit.
La pierre de rêve (1738★★★)
Qui la vole partage les rêves de qui la possédait. Inédit. *(déc. 84)*

CLARKE Arthur C.
2001 – L'odyssée de l'espace (349★★)
Ce voyage fantastique aux confins du cosmos a suscité un film célèbre.
2010 – Odyssée 2 (1721★★★)
Enfin toutes les réponses. *(nov. 84)*

CURVAL Philippe

L'homme à rebours (1020★★★)
La réalité s'est dissoute autour de Giarre : sans le savoir, il a commencé un voyage analogique. Inédit.
Cette chère humanité (1258★★★★)
L'appel désespéré du dernier montreur de rêves.

DEMUTH Michel

Les Galaxiales (996★★★)
La première Histoire du Futur écrite par un auteur français.
Les années métalliques (1317★★★★)
Les meilleures nouvelles de l'auteur.

DICK Philip K.

Loterie solaire (547★)
Un monde régi par le hasard et les jeux.
Dr Bloodmoney (563★★★)
La vie quotidienne post-atomique.
Simulacres (594★★★)
Le pouvoir est-il électronique ?
A rebrousse-temps (613★★★)
Les morts commencent à renaître.
Ubik (633★★★)
Le temps s'en allait en lambeaux. Une bouffée de 1939 dérivait en 1992.
Au bout du labyrinthe (774★★)
Est-ce la planète qui est folle ou la démence a-t-elle gagné tous les colons ?
Les clans de la lune alphane (879★★★)
Une colonie de malades mentaux.
L'œil dans le ciel (1209★★★)
Une réalité fissurée, un quotidien qui se craquelle : quel est ce monde délirant ?
L'homme doré (1291★★★)
L'essentiel de l'œuvre du nouvelliste.
Le dieu venu du Centaure (1379★★★)
Palmer Eldritch : on connaît ses yeux factices, son bras mécanique... qui est-il ?
Message de Frolix 8 (1708★★★)
Le génie était la norme, les drogues légales, l'alcool tabou. *(oct. 84)*

DISCH Thomas

Génocides (1421★★)
Pour l'envahisseur, les hommes ne sont guère plus que des insectes.
Camp de concentration (1492★★)
La drogue provoque le génie, puis la mort.

DOUAY Dominique

L'échiquier de la création (708★★)
Les pions sont humains. Inédit.

FARMER Philip José

Les amants étrangers (537★★)
Un Terrien avec une femme non humaine.
Le soleil obscur (1257★★★★)
Sur la Terre condamnée, des voyageurs cherchent la vérité. Inédit.
Le Fleuve de l'éternité :
- Le monde du Fleuve (1575★★★)
- Le bateau fabuleux (1589★★★★)
Les morts ressuscitent le long des berges.

FORD John M.

Les fileurs d'anges (1393★★★★)
Un hors-la-loi de génie lutte contre un super réseau d'ordinateurs. Inédit.

FOSTER A.D.

Voir Cinéma p. 24

GIGILLAND Alexis A.

La révolution de Rossinante (1634★★★)
Un homme et un robot luttent pour sauver un monde de la faillite. Inédit.

HAMILTON Edmond

Les rois des étoiles (432★★★)
John Gordon a échangé son esprit contre celui d'un prince des étoiles.

HARNESS Charles

L'anneau de Ritornel (785★★★)
C'est dans l'Aire Nodale, au cœur de l'univers, que James Andrek trouvera son destin.

HARRISON Harry

Appsala (1150★★★)
Jason Dinalt tombe de Charybde en Scylla.

HERBERT Frank

La ruche d'Ellstrom (1139★★★★)
Ou l'enfer des hommes insectes.

HIGON Albert

Le jour des Voies (761★★)
Les Voies, annoncées par la nouvelle religion, conduisent-elles à un autre monde ?

KEYES Daniel

Des fleurs pour Algernon (427★★★)
Charlie est un simple d'esprit. Des savants vont le transformer en génie.

KING Stephen

Carrie (835★★★)
Ses pouvoirs supra-normaux lui font massacrer plus de 400 personnes.
Shining (1197★★★★)
La lutte hallucinante d'un enfant médium contre les forces maléfiques.
Danse macabre (1355★★★★)
Les meilleures nouvelles d'un des maîtres du fantastique moderne.
Cujo (1590★★★★)
Un monstre épouvantable les attend dans la chaleur du soleil.

KLEIN Gérard

Les seigneurs de la guerre (628★★)
Un homme seul face au Monstre, la plus terrible machine de guerre de notre temps.
La loi du talion (935★★★)
Elle seule régit ce monde où s'affrontent cinquante peuples stellaires.

KLOTZ et GOURMELIN

Les innommables (967★★★)
... ou la vie quotidienne de l'homme préhistorique. Illustrations de Gourmelin.

LEE Tanith

Vazkor (1616★★★)
Une geste épique et fantastique. Inédit
Cyrion (1649★★★★)
Légende, mythe ? Etait-il vivant ? Inédit.
La déesse voilée (1690★★★★)
Elle croit porter le malheur et la destruction avec elle. Inédit.

LEM Stanislas

Le congrès de futurologie (1739★★)
Un congrès fou qui débouche sur un monde hallucinant. (déc. 84).

LEOURIER Christian

Ti-Harnog (1722★★★)
Un homme confronté à une civilisation inconnue. Inédit. (nov. 84)

LEVIN Ira

Un bébé pour Rosemary (342★★★)
Satan s'empare des âmes et des corps.
Un bonheur insoutenable (434★★★)
Programmés dès leur naissance, les hommes subissent un bonheur insoutenable à force d'uniformité.

LONGYEAR Barry B.

Le cirque de Baraboo (1316★★★)
Pour survivre, le dernier cirque terrien s'exile dans les étoiles. Inédit.

LOVECRAFT Howard P.

L'affaire Charles Dexter Ward (410★★)
Echappé de Salem, le sorcier Joseph Curwen vient mourir à Providence en 1771. Mais est-il bien mort ?
Dagon (459★★★★)
Le retour du dieu païen Dagon, et de nombreux autres récits de terreur.

MacDONALD John D.

Le bal du cosmos (1162★★)
Traqué sur Terre, il se voit projeté dans un autre monde.

McINTYRE Vonda N.

La colère de Khan (Star Trek II) (1396★★★)
Le plus grand défi lancé à l'U.S. Enterprise.
Le serpent du rêve (1666★★★★)
Elle guérit au moyen d'un cobra, d'un crotale et d'un serpent du rêve. Inédit.

MARTIN George R.R.

Chanson pour Lya (1380★★★)
Trouver le bonheur dans la fusion totale avec un dieu extra-terrestre. Inédit

MATHESON Richard

La maison des damnés (612★★★★)
Des explorateurs de l'inconnu face à une maison maudite.

MERRITT Abraham

Les habitants du mirage (557★★★)
La lutte d'un homme contre le dieu-Kraken.
La nef d'Ishtar (574★★)
Il aime Sharane, née il y a 6 000 ans.
Le visage dans l'abîme (886★★★)
Dans une vallée secrète des Andes, une colonie atlante jouit de l'immortalité.

MONDOLONI Jacques

Je suis une herbe (1341★★★)

La flore, animée d'une intelligence collective, peut-elle détruire la civilisation humaine ? Inédit.

MOORE Catherine L.

Shambleau (415★★★)

Parmi les terribles légendes qui courent l'espace, l'une au moins est vraie.

MORRIS Janet E.

L'ère des Fornicatrices :

- **La Grande Fornicatrice de Silistra** (1245★★★)
- **L'ère des Fornicatrices** (1328★★★★)
- **Le vent du chaos** (1448★★★★)
- **Le trône de la chair** (1531★★★)

Estri vit toutes les aventures : un érotisme fantastique et des pouvoirs sans cesse menacés. Inédits.

OLIVER Chad

Les vents du temps (1116★★)

Ils étaient arrivés dans la préhistoire. Dans quelques millions d'années, ils pourraient retourner chez eux.

PELOT Pierre

Les barreaux de l'Eden (728★★)

Communiquer avec les morts est une consolation pour les travailleurs opprimés. Inédit.

Parabellum tango (1048★★★)

Un régime totalitaire peut-il être ébranlé par une chansonnette subversive ? Inédit.

Kid Jésus (1140★★★)

Il est toujours dangereux de prendre la tête d'une croisade. Inédit.

Nos armes sont de miel (1305★★★)

Après mille ans passés dans le non-temps, ils parviennent enfin au but. Inédit.

POHL Frederik

La grande porte (1691★★★★)

C'est la richesse ou un sort pire que la mort.

PRIEST Christopher

Le monde inverti (725★★★★)

Arrivé à l'âge de 1 000 km, Helward entre dans la guilde des Topographes du Futur.

RAY Jean

Malpertuis (1677★★)

Les dieux de l'Olympe sont-ils encore parmi nous ?

SADOUL Jacques

Les meilleurs récits de :

« Astounding Stories » (532★★)
« Unknown » (713★★)
« Famous Fantastic Mysteries » (731★★)
« Startling Stories » (784★★)
« Thrilling Wonder Stories » (822★★)
« Fantastic Adventures » (880★★)
« Weird Tales-3 » (923★★)

Ces anthologies présentent la quintessence des revues de S-F qui, de 1910 à 1955, ont permis le succès de ce genre aux Etats-Unis.

SILVERBERG Robert

L'homme dans le labyrinthe (495★★★)

Depuis 9 ans, Muller vivait au cœur d'un labyrinthe parsemé de pièges mortels.

Les ailes de la nuit (585★★)

L'humanité conquise se découvre des pouvoirs psychologiques nouveaux.

L'oreille interne (1193★★★)

Télépathe, il sent son pouvoir décliner.

L'homme stochastique (1329★★★)

Carjaval connaissait tout de l'avenir, même sa propre mort.

Les chants de l'été (1392★★★)

Silverberg est un maître de la nouvelle.

Les chemins de l'espace (1434★★★)

La superstition religieuse ouvre-t-elle la route des étoiles ? Inédit.

Les déportés du cambrien (1650★★)

La préhistoire : une terrible prison pour détenus politiques.

SIMAK Clifford D.

Demain les chiens (373★★★)

Les hommes ont-ils réellement existé ? se demandent les chiens le soir à la veillée.

Dans le torrent des siècles (500★★★)

Comment tuer un homme qui est déjà mort ?

Le pêcheur (609★★★)

Il sait projeter son esprit dans l'espace ; un jour il ramène une entité extraterrestre.

Chaîne autour du soleil (814★★★)

La Terre est-elle unique ou n'y a-t-il pas une succession de terres autour du soleil ?

Projet Vatican XVII (1367★★★★)

Curieuse entreprise pour des robots sans âme : créer un pape aussi électronique qu'infaillible. Inédit.

La planète aux embûches (1588★★★)

Des hommes et un robot projetés sur une planète meurtrière.

SPIELBERG Steven
Rencontres du troisième type (947★★)
Le premier contact avec des visiteurs venus des étoiles.

SPRAGUE de CAMP et CARTER
Conan le barbare (1449★★★)
L'épopée sauvage de Conan le Commérien face aux adorateurs du Serpent.

STEINER Kurt
Les enfants de l'Histoire (701★)
L'irrésistible ascension d'un dictateur persuadé d'œuvrer pour la liberté.
Ortog et les ténèbres (1222★★)
La science permet-elle de défier la mort ?

STURGEON Theodore
Les plus qu'humains (355★★★)
Ces enfants étranges ne seraient-ils pas les pionniers de l'humanité de demain ?
Cristal qui songe (369★★★)
Fuyant des parents indignes, Horty trouve refuge dans un cirque fantastique.
Killdozer – le viol cosmique (407★★★)
Des extra-terrestres à l'assaut des hommes et de leurs machines.
Les talents de Xanadu (829★★★)
Visitez le monde le plus parfait de la galaxie.

TEVIS Walter
L'oiseau d'Amérique (1246★★★★)
Un homme, une femme, un robot.

TOLKIEN J.R.R.
Le Silmarillion
(2t. 1037 ★★★ et 1038★★★)
L'histoire des joyaux qui rendent fou.

VANCE Jack
Cugel l'astucieux (707★★)
... et les enchantements du magicien rieur.
Cugel saga (1665★★★★)
De nouveaux tours du magicien rieur. Inédit.
Cycle de Tschaï :
1 - Le Chasch (721★★★)
2 - Le Wankh (722★★★)
3 - Le Dirdir (723★★★)
4 - Le Pnume (724★★★)
Exilé sur la planète Tschaï, Adam échappe à bien des dangers.
Un monde magique (836★★)
Sur la Terre moribonde la science abandonne.
Marune : Alastor 933 (1435★★)
On lui a tout volé, jusqu'à son identité.
Trullion : Alastor 2262 (1476★★)
Des intrigues se nouent dans l'amas stellaire.
Wyst : Alastor 1716 (1516★★★)
Une société vouée au plaisir et à la frivolité.

VAN VOGT A.E.
Le monde des À (362★★★)
Les joueurs du À (397★★★)
La fin du À (1601★★★)
Gosseyn n'existe plus : il lui faut reconquérir son identité, dans ce siècle lointain.
La faune de l'espace (392★★★)
Au cœur d'un désert d'étoiles, le vaisseau spatial rencontre des êtres fabuleux.
Les armureries d'Isher (439★★★)
Lorsque McAllister entra dans la boutique d'armes, il se trouva dans le futur. *(nov. 84)*
Les fabricants d'armes (440★★★)
La Guilde a condamné à mort Robert Hedrock, mais il est immortel. *(déc. 84)*
Le livre de Ptath (463★★)
Après sa mort, le capitaine Peter Holroid se réveille dans le corps du dieu Ptath.
La guerre contre le Rull (475★★★)
Seul Trevor peut sauver l'humanité du Rull.
Ténèbres sur Diamondia (515★★★)
Il était le colonel Morton, mais aussi des milliers d'autres, y compris 400 prostituées.
Créateur d'univers (529★★★)
La jeune femme qu'il avait tuée l'année précédente l'invita à prendre un verre.
Le Silkie (855★★)
Surhomme ou démon électronique ?
Rencontre cosmique (975★★★)
Celle d'un vaisseau corsaire de 1704 et d'un astronef du futur.
Le colosse anarchique (1172★★★)
Pour jouer, il doit détruire la race humaine.
Les opérateurs humains (1447★★★)
Un recueil des meilleures nouvelles.
La machine ultime (1548★★★)
Un super ordinateur sonde les âmes. Inédit.

VARLEY John
Le Canal Ophite (1463★★★)
Peut-on tuer une femme si ses clones sont là pour la remplacer ?.

VINGE Joan D.
La reine des neiges (1707★★★★★)
Même la mort ne l'empêchera pas de se survivre. Inédit. *(oct. 84)*

WINTREBERT Joëlle
Les maîtres-feu (1408★★★)
L'odyssée d'une adolescente et d'un saurien intelligent. Inédit.
Chromoville (1576★★★)
Une féroce guerre de castes. Inédit.

XXX
Univers 1980 (1093★★★)
Univers 1981 (1208★★★★)
Univers 1982 (1340★★★★)
Univers 1983 (1401★★★★)
Univers 1984 (1617★★★★)
La série d'anthologies présentant les aspects les plus fascinants de la S-F moderne.

ZELAZNY Roger
L'île des morts (509★★)
Une rose pour l'ecclésiaste (1126★★★)

Achevé d'imprimer sur les presses de l'imprimerie Brodard et Taupin
58, rue Jean Bleuzen, Vanves. Usine de La Flèche,
le 10 août 1984
6802-5 Dépôt Légal août 1984. ISBN : 2 - 277 - 21689 - 5
Imprimé en France

1689
★★

Editions J'ai Lu
27, rue Cassette, 75006 Paris
diffusion France et étranger : Flammarion